REDRUM

Raum 211
1. Auflage
(Deutsche Erstausgabe)

Verleger: Michael Merhi
Lektorat: Stefanie Maucher
Korrektorat:
Alida Gersonde / Nicole Schumann
Umschlaggestaltung und Konzeption:
MIMO GRAPHICS unter Verwendung einer
Illustration von Shutterstock

ISBN: 978-3-95957-942-1

E-Mail: merhi@redrum.de
www.redrum.de

YouTube: Michael Merhi Books
Facebook-Seite: REDRUM BOOKS
Facebook-Gruppe:
REDRUM BOOKS - Nichts für Pussys!

Marcel Riepegerste

Raum 211

Zum Buch:

Deutschland 2026: Ein geheimes Forschungsprojekt von Regierung und Pharmaindustrie soll die Frage, ob es den ›freien Willen‹ gibt, endgültig beantworten. Eine Auswahl an Straftätern wird auf eine deutsche Ostseeinsel verlegt, die für den Einzug der Probanden präpariert wurde und deren Bewohner – bis auf eine Gruppe Widerständler – in den letzten Monaten umgesiedelt worden sind. Auch Tammy findet sich auf einem der Schiffe wieder, hat sie sich doch vor Kurzem heimtückisch an ihrem untreuen Ex-Freund gerächt, der ausgerechnet Sohn eines der obersten Entscheidungsträger der Regierung ist. Auf der Fahrt lernt sie Alex kennen, einen jungen Sozialarbeiter, der gerade sein Studium beendet und seine Laufbahn als Bewährungshelfer begonnen hat. Er ist einer der Auserwählten, die das Experiment betreuen sollen.

Ein Experiment auf Leben und Tod.

Zum Autor:

Marcel Riepegerste, geboren 1993 in Lüdenscheid, studierte nach dem Abitur an der Hochschule Koblenz. Er schloss sein Studium in der Regelstudienzeit als Jahrgangsbester mit 1,0 ab und erhielt unter anderem den Förderpreis der Hochschule Koblenz. Als Sozialarbeiter und Sozialpädagoge arbeitete er zuletzt in einer forensischen Psychiatrie, einer Hochsicherheitseinrichtung für gefährliche, psychisch kranke Straftäter. »Raum 211« ist sein erster Roman. Von dem Autor erschienen ist bereits über Books on Demand der Ratgeber: »1,0 - Der Weg zum perfekten Studienabschluss«, welcher dort bereits in kurzer Zeit zum Bestseller wurde.

Marcel Riepegerste

Raum 211

Thriller

Für B.L. und A.P.
Dafür, dass ich immer mit einem Lächeln gegangen bin.

Und für Pino.
Du hast mich gerettet, Mann.

Prolog

Precht – »Das Böse im Menschen«, ZDF 03.11.2013

Schirach: »Der Psychopath ist also sozusagen ganz klar ein kranker Mensch. Und wenn man das sieht, muss man sich ja immer überlegen: Bei der Schuldfähigkeit ist ja erforderlich, dass er sich auch gegen das Häuten der Frau entscheiden könnte. Und da hat man dann eben doch seine Zweifel, ob er das kann!?«

Precht: »Und wenn er es nicht kann, dann ist er nicht schuldfähig?«

Schirach: »Dann wäre er nicht schuldfähig. Dann müssen wir ihn natürlich trotzdem irgendwie wegsperren, wir müssen ja die Gesellschaft schützen.«

Precht: »Aber nicht in ein Gefängnis?«

Schirach: »Also, wenn er wirklich krank wäre, müsste er nicht in ein Gefängnis.«

Precht: »Jetzt könnte ich natürlich den Bogen weiterspannen – Sie können sich denken, was kommt – nämlich die Frage stellen: ›Haben wir überhaupt die Freiheit, uns für oder gegen eine Tat zu entscheiden?‹«

***

Sommer 2015
Ungarn, an der Grenze zu Österreich
Samir

Es war eine lange Reise und er war müde. Unendlich müde. Doch er durfte jetzt nicht schlappmachen, musste sich weiter durch den peitschenden Regen kämpfen, der bereits am frühen Morgen eingesetzt hatte. Die letzten Meter. Seiner Mutter, dem Onkel und den beiden älteren Brüdern hinterher, die nicht merken sollten, dass alle Kraft verbraucht war. Kraft, die noch vor ein paar Wochen in seinem kleinen Körper gesteckt hatte.

Zu Hause hatte er viel mit seinen Freunden getobt. Sie hatten Fangen gespielt und waren auf die höchsten Bäume des Ortes geklettert, doch all das schien im Moment so weit entfernt. Jetzt war er froh, wenn seine dünnen Beine unter der anhaltenden Belastung nicht wie Streichhölzer im Wind brachen und er irgendwie den Anschluss an die Menschen hielt, die alles waren, was er hier und heute noch hatte.

Einige der Gleichaltrigen waren zurückgeblieben, das wusste er. Manche jedoch waren, wie er, Teil der gewaltigen Menschenmasse geworden, die sich ihren Weg von Syrien nach Europa bahnte. Die meisten davon hatte er im Gedrängel der letzten Stunden aus den Augen verloren.

Auf ihrer Reise war ihnen alles begegnet. Liebe Menschen, böse Menschen. Hoffnung und Furcht. Die Sonne. Der Mond. Die Hitze am Tag und die eisige Kälte bei Nacht, wenn sie sich in Decken eingewickelt aneinander kuschelten und gemeinsam beteten, nicht von der Polizei aufgegriffen und zurückgeschickt zu werden. Wo sich ihre Blicke im Sternenmeer verloren und sie die Eindrücke der Flucht auf ihre jeweils ganz eigene Weise zu verarbeiten versuchten. Den Krieg. Die Bomben. Den leeren Blick des Vaters, dessen Kopf nach der Explosion auf den Boden schlug und in ein Meer von Blut eintauchte. Seine erste Erfahrung mit dem Tod, dessen Endgültigkeit er zum Glück damals noch nicht verstand. Trotzdem ließ der Gedanke daran ihn von Zeit zu Zeit zusammenzucken, wie heimlich von einer Feder gekitzelt.

Es waren nur noch ein paar Meter. Samir konnte in der Ferne die Züge ausmachen, die hinter einem Schleier aus Nebel für die Weiterreise bereitstanden. Die sie nach Deutschland bringen würden. In ein sicheres Land, hieß es. Sein Onkel hatte gesagt, dass die Deutschen meinten, sie würden nur wegen dem Geld, das man dort bekam, in ihr Land kommen. Samir wusste nicht, wo die Wahrheit lag. Er wäre auch hier in Ungarn oder in einem der anderen Länder, durch die sie gereist waren, geblieben. Warum die Erwachsenen dies ablehnten, verstand er nicht, aber es war ihm auch egal. Alles, was er wollte, war, bei seiner Familie zu sein, Ruhe einkehren zu lassen und eine Nacht in einem vernünftigen Bett schlafen. Bald würde es so weit sein, hatte der Onkel gesagt. Und dem vertraute er blind. Sie mussten nur in einen dieser Züge gelangen, dann hätten sie es geschafft.

Seine Mutter drehte sich während des Laufens um und rief ihm auf Arabisch zu, er müsse sich beeilen. Der älteste Bruder packte ihn daraufhin an der Hand und zog ihn in seinem Tempo die nächsten Meter mit sich. Die Straße wurde nun schmaler und die Menschen drückten sich noch enger aneinander. Keuchen, Husten, Schreie. Die Stimme seiner Mutter, die ihre Söhne aus den Augen verloren hatte und nur hoffen konnte, dass sie noch dicht hinter ihr waren. Einen Weg zurück gab es nämlich nicht. Die Flüchtlinge schoben sich gegenseitig voran. Vielleicht waren die Schritte seines älteren Bruders zu lang, vielleicht auch Samirs Hand unter der Anstrengung zu schwitzig. Jedenfalls rutschten die Hände der beiden Brüder auseinander und Samir wurde von der Wucht der Menschen, von einem Moment auf den anderen, aus dem Tritt gebracht. Er stürzte und schlug mit dem Gesicht voran ungebremst auf dem Boden auf. Etwas knackte und die Haut seiner Stirn platzte. Wie einst der Vater lag er nun blutend am Boden. Aus weiter Ferne kommend, hörte er die Stimme seiner Mutter, die seinen Namen rief, während die Vorangetriebenen auf seine Arme und Beine trampelten. Schienen keine Notiz von dem noch warmen Körper zu nehmen, der unter ihren Füßen lebendig begraben lag. Samir schloss die Augen. Wollte in seiner Erschöpfung aufgeben. Dann flog er mit einem Mal durch die Luft. Zwei starke Hände hatten ihn gepackt, hochgerissen und zogen ihn nun mit sich, als wäre er leicht wie eine Feder. Der Mann – es musste doch ein Mann sein, oder? – kämpfte sich mit ihm stöhnend zur Seite, heraus aus der wilden animalischen Menschenmenge, weg von der Gefahr.

Allmählich wurde es ruhiger. Der Tumult schien nachzulassen und Samir schlug die Augen auf. Sein Atem beruhigte sich ein bisschen. Die Schmerzen ließen etwas nach.

Er stand vor ihm. Ein muskulöser Mann, sein Retter. Schaute ihn aus dunklen Augen an. Neugierig, interessiert, aber auch abschätzend.

Bevor Samir etwas sagen oder den unausweichlichen Gedanken fassen konnte, dass diese Augen irgendwie ganz und gar nicht wohlwollend aussahen, schlug der Mann ihm mit einem gezielten Faustschlag gegen die Schläfe, fing den zusammenklappenden Körper mit einer geübten Bewegung auf und zog ihn in eine enge Gasse. Weg von den Zügen. Weg von Deutschland. Weg von seiner Familie. Doch daran dachte der Junge nicht mehr. Der letzte Gedanke galt seinem Vater. Dann wurde um ihn herum alles dunkel und der wahre Albtraum begann.

Teil 1

10 Jahre später
November 2025

Berlin
Winfried

Der schwarze Maybach bog in die Friedrichstraße ein. Es war ein eisiger Wintertag, dicke Schneeflocken fielen seit einigen Stunden vom Himmel und der Wagen hatte sich unauffällig durch den Berliner Feierabendverkehr schlängeln können. Eine Stadt war auf dem Heimweg. Die Menschen wollten nach Hause zu ihren Familien, solange die Straßen noch einigermaßen befahrbar waren. Die Wohlhabenden, um sich in ihren luxuriösen Häusern mit wärmenden Teetassen in den Händen in Sessel vor Kaminen zu setzen, die Armen, um die Heizungen in den baufälligen Plattenbauten aufzudrehen, damit die Nacht erträglich wurde.

Der Fahrer des Maybach sah aus dem Augenwinkel in den Rückspiegel, beobachtete den Mann auf der Rückbank, der seine feuchten Hände abwechselnd an den Sitzpolstern und seiner Anzughose abwischte. Er hatte ihn schon unzählige Male gefahren, doch so unruhig, so nervös wie heute, war der Mann noch nie gewesen. Er schien aus dem Fenster zu schauen, die Augen hinter einer verspiegelten Sonnenbrille versteckt. Das blonde Haar sah täuschend echt aus und er erkannte die Perücke nur, weil er seinen Fahrgast seit Jahren kannte. Nichts ließ darauf schließen, dass der Mann, der sich nun einen Kaugummi in den Mund schob und nach seinem Aktenkoffer griff, Winfried Haug, der Bundeskanzler der Bundesrepublik Deutschland war.

Der Wagen kam zum Stehen. Ein Portier in wetterfester Uniform öffnete Haug die Tür und begrüßte den ihm unbekannten Mann mit der Sonnenbrille freundlich.

»Ich melde mich dann«, sagte Winfried zu seinem Fahrer und stieg aus dem schwarzen Maybach. Das Auto fuhr davon und tauchte wieder in den Feierabendverkehr ein. Bald waren seine Lichter in der anbrechenden Dunkelheit nur noch schwach zu erahnen.

***

Winfried Haug sah dem Auto noch einen Moment nach, dann schüttelte er sich den Schnee vom Anzug, ging wortlos auf die goldene Drehtür zu und betrat die Hotellobby des Westin Grand Berlin. Der Concierge nickte ihm gewohnt freundlich und ohne eine Spur von Misstrauen im Blick zu, als er die achteckige Eingangshalle betrat. Winfried ignorierte ihn und ging zielstrebig über den gemusterten Teppich zur langen Treppe, hoch in den ersten Stock des Luxushotels. Er sah die zwei Männer, mit denen er verabredet war, als er am oberen Ende ankam. Sie saßen in einer Sitzgruppe und schwiegen sich an. Der eine, ein großgewachsener Mann und amtierender Justizminister, sah mit verschränkten Armen aus dem Fenster. Beobachtete in Gedanken versunken, wie die Passanten mit schweren Winterstiefeln durch die Friedrichstraße in Berlin Mitte hetzten. Der andere Mann hielt sein Gesicht hinter einer Zeitung versteckt. Der Professor bemerkte Haug erst, als er an seinem Espresso nippen wollte. Er stellte die Tasse auf den flachen Tisch, legte die Zeitung beiseite, stand auf und kam mit ausgestreckter Hand auf den Bundeskanzler zu.

»Na, wenn das nicht der Herr Regierungschef ist. Es ist mir eine große Ehre. Aber wozu die Sonnenbrille, bei den eisigen Temperaturen?«

»Nicht so laut«, zischte Winfried, verärgert wegen der unpassenden Begrüßung. Zum Glück waren keine anderen Hotelgäste in der Nähe. Nur aus Höflichkeit drückte er die ausgestreckte Hand kurz und fest. Zwischenmenschlich hielt er nicht viel von dem Professor, doch er brauchte ihn. Dann nickte Winfried dem Mann am Fenster zu, legte Mantel, Schal und Aktenkoffer ab und setzte sich in einen der freien Sessel. Die Sonnenbrille behielt er auf.

Der Professor lächelte.

»Ich muss sagen, ein ziemlich nettes Hotel haben Sie ausgesucht. Es ist zwar nicht das Adlon, aber dafür …«

»… ist es ein wenig unauffälliger«, unterbrach der Mann am Fenster ihn. »Ich würde Sie bitten, sich jetzt ein bisschen zusammenzureißen, Herr Euler. Es hat durchaus seinen Grund, dass wir nicht unten im Restaurant sitzen und mit gepuderten Gesichtern in die Kameras der Fotografen winken.« Er warf einen spöttischen Seitenblick zu seinem verkleideten Nebenmann. »Diese ganze Inszenierung hier, so zuwider mir das Ganze auch ist, ist leider notwendig. Nur eine Handvoll Menschen wissen von diesem Treffen. Und drei davon sitzen jetzt an diesem Tisch.« Der Justizminister schaute Prof. Dr.

Konstantin Euler eindringlich an. Einen Mann, der aussah, wie man sich einen Forscher und Professor klischeehaft vorstellte. Euler trug eine Brille mit dickem Rand und hatte weißes, verstrubbeltes Haar, ohne das auch nur annähernd eine Frisur zu erkennen wäre. Dann seufzte er resigniert und blickte wieder aus dem Fenster. Ein Taxi hielt vor dem Hotel und ein berühmter Berliner Bauunternehmer stieg in Begleitung seiner deutlich jüngeren Lebensgefährtin aus dem Auto. Sie lachten und taumelten Arm in Arm aus dem Sichtfeld.

»Ich weiß es durchaus zu schätzen, dass Sie so viel Tamtam für mich machen. Mich hierher einladen, eine Suite mit Blick über ganz Berlin für mich bereitstellen … Ich könnte alles bekommen, was ich möchte, nicht wahr? Wellness, schöne Frauen, Geld en masse. Es beeindruckt mich auch, dass Sie so bemüht sind, unser Gespräch geheim zu halten. Dann lassen Sie uns jetzt beginnen, Herr Minister. Fräulein Kostic lässt ausrichten, dass Sie sich einige Minuten verspäten wird.« Euler räusperte sich. »Ich würde gern eine kleine Zeitreise mit Ihnen unternehmen, solange wir warten. Im Jahr 1916, vier Jahre nachdem die Titanic im Atlantik versunken war, wurde in Chicago ein Mann geboren, der als Forscher in den 1980er Jahren große Bekanntheit erlangen sollte. Die Rede ist von Benjamin Libet. Im Jahr 1979 führte er ein Experiment durch, das heute als Libet-Experiment bekannt und eines der wertvollsten zum Thema Willensfreiheit ist. Er bat seine Probanden, in einem beliebigen Moment den Finger zu heben, während sie den Blick auf einen Lichtpunkt richteten, der sich auf einer kreisförmigen Skala bewegte. Unterdessen wurden die Hirnströme und

Muskelbewegungen der Probanden aufgezeichnet. Die Probanden sollten sich merken, an welcher Position der Lichtpunkt auf der Skala zum Zeitpunkt ihrer bewussten Entscheidung war. Das Experiment zeigte, dass bereits 550 Millisekunden bevor ein Proband angab, sich bewusst entschieden zu haben, den Finger zu heben, in den Hirnaktivitäten die Entscheidung dazu festgestellt werden konnte. Können Sie mir noch folgen? Gut. Das heißt also, dass eine Entscheidung schon feststehen würde, bevor wir denken, dass wir sie treffen. Faszinierend, nicht wahr? Das würde doch alles auf den Kopf stellen. Eine Vielzahl früherer und späterer Experimente erforschte Ähnliches und kam zu vergleichbaren Ergebnissen. Unklar ist jedoch die Antwort auf die Frage, ob wir die Möglichkeit haben, gegen eine im Gehirn getroffene Entscheidung, ein Veto einzulegen, wenn beispielsweise etwas stark gegen unsere Moral verstößt und wann ein sogenannter *Point of no Return* erreicht ist, an dem wir nicht mehr zurück können … Ahh, Fräulein Kostic.« Euler unterbrach seine Erzählung, als eine junge Schönheit den Raum betrat. Braunes Haar bis zu den Schultern, lange Beine, makellose Haut und eine Figur, wie man sie besser nicht malen könnte. Diese Frau machte wahrlich Eindruck und wusste sicher, mit ihren Reizen zu spielen.

»Guten Abend, meine Herren. Bitte entschuldigen Sie die Verspätung.« Sie setzte sich in einen freien Sessel und sah erwartungsvoll in die Runde.

»Ich hatte den Herren gerade vom Libet-Experiment erzählt. Aber jetzt, wo Sie da sind, Fräulein Kostic, können wir ja zurück in die Gegenwart kommen. Die ist ja ohnehin viel spannender.«

»Gern, unser Pharmaunternehmen forscht nun schon seit fünf Jahren gemeinsam mit Herrn Euler und seinem Team, um die Frage der Willensfreiheit ein für alle Mal zu klären. Wir haben bereits viel Zeit und vor allem Geld in dieses Projekt gesteckt. Die ersten beiden Phasen des Forschungsdesigns sind schon abgeschlossen und wir haben einige eindeutige Annahmen, dass der große Durchbruch unmittelbar bevorsteht. In der dritten Phase benötigen wir nun, wie Sie wissen, ein paar hundert Straftäter und Straftäterinnen. Forschung am lebenden Objekt sozusagen. Diesen wird nichts passieren, keine Sorge. Herr Euler hatte mir am Telefon gesagt, dass Sie uns finanziell und organisatorisch unterstützen wollen.«

Es entstand eine kurze Pause.

»Ja, wir würden Ihnen gern dabei helfen.« Der Bundeskanzler nahm seine Sonnenbrille ab. Seine Augen machten einen müden, kraftlosen Eindruck. Es war der längste Satz, den er am heutigen Tag gesprochen hatte. Der anstehende Gerichtsprozess machte ihm zu schaffen. Die Medien berichteten seit Wochen über nichts anderes und seine Umfragewerte waren mittlerweile derart schlecht, dass seine Wiederwahl in weite Ferne rückte. Die Rufe nach einem Rücktritt wurden lauter. Er brauchte dieses Projekt. Winfried sah mit einem auffordernden Blick zu seinem Minister, welcher daraufhin das Wort ergriff:

»Wir haben uns eine Insel ausgesucht, die perfekte Bedingungen für Ihr Vorhaben bieten wird. Die Menschen, die dort leben, sollen in der nächsten Zeit umgesiedelt werden. Wir werden der Öffentlichkeit erzählen, dass wir ein Experiment ins Leben rufen, bei dem Straftäter in einer freien Form zusammenleben sollen. Betreuung wird durch geeignetes Fachpersonal stattfinden und so weiter. Wie es das in anderen Ländern schon gibt. Da sollte es keine Fragen geben und Sie könnten ganz in Ruhe Ihrer Arbeit nachgehen.«

»Das klingt sehr gut.« Eulers Augen leuchteten. Seine Kollegin dagegen ließ sich keine Emotionen anmerken. Die vier besprachen noch über eine Stunde die Details, dann verabschiedeten sich Euler und seine Kollegin. Die beiden Männer, die in der kommenden Zeit für das Schicksal eines ganzen Landes verantwortlich sein sollten, blieben allein zurück.

»Ich danke dir sehr, Anton«, sagte der Bundeskanzler.

Sein Minister nickte nur. Er wusste um dessen persönliche Umstände und warum er all dies tat.

Winfried Haug telefonierte. Zehn Minuten später fuhr der schwarze Maybach wieder vor. Er verabschiedete sich von seinem Minister, setzte die Sonnenbrille wieder auf, stieg die lange Treppe hinab, raus aus dem Hotel und hinein in das vorgewärmte Auto. Der Maybach tauchte in die Nacht ein und verschwand. Winfried wünschte, er könnte es ihm gleichtun. Doch da musste er jetzt durch.

***

Wenige Monate später
Ostsee
Gunnar

Das laute Gepolter hatte ihn aus dem Schlaf gerissen. Gunnar setzte sich auf die Bettkante, rieb sich die müden Augen und versuchte, die letzte Sequenz seines Traumes festzuhalten, doch es gelang ihm nicht. Er sah nur noch undeutlich wie Magda in das Auto stieg und ihm ein letztes Mal zuwinkte. Nahm ihren Gesichtsausdruck wahr, der kein Anzeichen dafür bot, dass er sie niemals wiedersehen würde. Dann rissen seine Erinnerungen ab. Er nahm die Petroleumlampe vom Nachttisch – die Sonne war noch nicht aufgegangen – und schlüpfte in seine Fellschuhe. Dann ging er zum Kleiderschrank und zog eine seiner Bundeswehrhosen an. Das war sein Markenzeichen und er trug nie andere, da sie ihn an seine Zeit als Soldat bei der Bundeswehr erinnerten. Eine glückliche Zeit, in der er seinem Land gedient hatte, noch jung und voller Träume war. In keiner Phase seines Lebens hatte er so viel gelernt wie beim Bund. Wie immer am Morgen, machte er einige Liegestütze und Sit-ups, dann ein paar Dutzend Kniebeugen, um körperlich fit zu bleiben. Das war ihm sehr wichtig.

Schließlich stieg Gunnar vorsichtig die Wendeltreppe hinab in die Gaststätte. Die alte Schrankuhr über dem Kamin zeigte zehn vor fünf. Er würde die Gaststätte, wie jeden Tag, erst um zehn öffnen, aber Gunnar wusste, dass er nicht mehr würde einschlafen können. Zum einen war es das zunehmende Alter – er war mittlerweile immerhin schon zweiundsechzig Jahre alt –, das ihn von Jahr zu Jahr schlechter schlafen ließ, zum anderen die permanente Anspannung der letzten Wochen und Monate, die eng mit dem Gepolter draußen zusammenhing, dessen Ursache ihm nur zu gut bekannt war. Gunnars Bart und Haare waren mittlerweile weiß und er hatte deshalb vor ein paar Jahren sämtliche Spiegel in seinen Wohnräumen abgehangen. Er wollte nicht ständig an sein Alter erinnert werden. Immerhin war sein Haar für das Alter noch sehr voll. Nachdem Gunnar zum Eingang geschlurft war, stellte er die Lampe neben ein altes Modellschiff auf die Fensterbank und zog die Vorhänge ein Stück zur Seite, sodass er unbemerkt rausschauen konnte.

Er brauchte einen Moment, bis er durch den dichten Nebel des Morgens erkannte, dass es Familie Werner war, die heute, ihre Rollkoffer hinter sich herziehend, Richtung Hafen marschierte. Herr Werner war Kinderarzt und kam nach der Arbeit gelegentlich auf ein, zwei Bier in Gunnars Gaststätte. Seine Frau ging einer geringfügigen Beschäftigung als Kassiererin in einem Supermarkt nach und Gunnar kannte sie nur vom Sehen. Leonie und Max gingen noch zur Grundschule. Ein drittes Kind zeichnete sich mittlerweile gut sichtbar ab und es würde nicht mehr allzu lange dauern, bis es so weit war. Gunnar wusste, dass sie ein zweites Mädchen erwarteten und ihm war klar, dass er es niemals zu Gesicht bekommen würde. Das ging schon seit Monaten so. Einer nach dem anderen verließ die Insel. Bald wären sie alle weg.

Als Familie Werner vorübergezogen war und er ihre Schemen in der Ferne kaum noch erkennen konnte, zog Gunnar die Vorhänge wieder zu und trat zurück in den Raum. Er nahm einen Hocker vom Tresen, setzte sich, schaltete das Radio ein und begann gedankenversunken, an dem Knopf zu drehen. Als er einen Sender mit volkstümlicher Musik gefunden hatte, ließ er vom Radio ab und seufzte. Selten in seinem Leben hatte er so eine Leere gefühlt wie in den letzten Monaten.

Über dreißig Jahre hatte er als Binnenschiffer in verschiedenen Ländern Europas gearbeitet. Immer mit diesem Traum, eines Tages eine gemütliche Seefahrerkneipe auf dieser Insel zu eröffnen. Der Insel, die er als Jugendlicher oft mit seinen Eltern besucht hatte. Die Insel, auf der er seine erste große Liebe kennengelernt hatte. Sein Puls beschleunigte sich, wenn er an Magda dachte. Als er sie das erste Mal gesehen hatte – damals am Strand – war ihm sofort klar gewesen, dass er sie nie würde vergessen können. Wie ihr glänzendes Haar im leichten Wind schwebte, sie fast zärtlich die Sonnencreme auf ihre weiche, gebräunte Haut auftrug und ihn mit ihren tiefblauen Augen neugierig musterte. Er würde sich ewig an diesen Anblick erinnern. Genau wie das erste schüchterne Gespräch, die gemeinsame Fahrradtour oder seinen ersten Sex einige Tage später, von dem er am Ende der Sommerferien seinen Mitschülern stolz erzählt hatte. An nichts anderes konnte er damals mehr denken als an dieses Mädchen und die fantastische Vorstellung, sie im nächsten Sommerurlaub wiederzusehen. Eines Tages würde er sie heiraten, es konnte gar nicht anders kommen. Doch dann hatten sich seine Eltern wie aus dem Nichts getrennt und seine Mutter – nun alleinerziehend – konnte sich in den Jahren danach keinen Urlaub mehr leisten. Es war eine Tragödie. Er hatte Magda nie wiedergesehen und dachte noch oft an sie, wenn er mit seinem Hund am Strand spazieren ging.

Eine Stimme riss ihn aus seinem Tagtraum. Der Nachrichtenmoderator verkündete, dass es der sonnigste Tag der Woche werden würde. Doch freuen konnte Gunnar sich darüber heute nicht.

***

Koblenz
Alex

Der Hörsaal füllte sich allmählich und seine Nervosität nahm von Minute zu Minute zu. Er ließ seinen Blick über die Reihen schweifen, erkannte hinter den ausklappbaren Tischen Studierende, Professoren und eine Vielzahl Fremder, die vermutlich Familienangehörige der Kommilitonen waren. Von seiner Familie hatte niemand kommen können, aber das war nicht schlimm. Es hätte seine Anspannung nur noch verstärkt.

Heute war der Tag gekommen. Dreieinhalb Jahre seines Lebens hatte er dieser Aufgabe gewidmet. Nun würde diese Zeit zu Ende gehen und ein neuer Lebensabschnitt beginnen, dem er mit Vorfreude, aber auch mit Wehmut gegenübertrat. Er hatte in diese Aufgabe all seine Kraft, all seine Motivation investiert, mit dem Ziel vor Augen, etwas Großes zu schaffen. Etwas, was ihm für den Rest seines Lebens niemand mehr würde nehmen können. Dieses Ziel hatte er zweifelsfrei erreicht und dafür würde er heute ausgezeichnet werden. Die 1,0 am unteren Ende der Bachelorurkunde war der Beweis, dass er es geschafft hatte. Stolz, das hätte er fühlen müssen. Selbstzufriedenheit. Glück. Aber stattdessen war da nur eine starke innere Anspannung, die es ihm unmöglich machte, diesen Tag zu genießen.

Vielleicht ist es wie mit all den wichtigen Ereignissen im Leben, dachte er. *Dem ersten Kuss, dem achtzehnten Geburtstag, der ersten Autofahrt, der Hochzeit, dem ersten Kind. So richtig realisiert man all dies erst in den Monaten danach. Wenn Ruhe einkehrt.*

Wenn die Endorphine den Körper verlassen und das Gehirn wieder zu arbeiten beginnt.

»Glückwunsch, mein Lieber.« Felix kam auf ihn zu und drückte ihn fest an sich. Dann nahm er ein Sektglas vom Tablett und reichte es ihm. Die laute Musik zwang Alex dazu, zu brüllen. »Danke, dir auch.«

»Wahnsinn, oder?«

»Hä?«

»Ja, wie die Zeit vergeht, meine ich. Jetzt ist das Ganze hier schon wieder vorbei.«

»Ein Ende ist immer auch ein Neuanfang.«

»Ja, das mag sein, du Philosoph. Aber es bedeutet vor allem, Abschied zu nehmen. Und darin bin ich nicht gut. Weißt du schon, was du machst? Wo du hingehst?«

Alex trank einen Schluck von seinem Sekt. »Nicht wirklich. Ich habe einige Bewerbungen geschrieben, aber noch nichts Festes in Aussicht. Mal sehen und du so?«

»Ich fliege nächsten Monat in die USA. Und von da aus schaue ich mir erst mal ein bisschen die Welt an. Alles andere kommt dann, wann es kommen will.«

»Du Glückspilz«, antwortete Alex und meinte es auch so. Liebend gern hätte er es seinem Kommilitonen gleichgetan, aber er brauchte schnellstmöglich eine Arbeit, da sein BAföG bald auslaufen würde. Ein Urlaub würde in den nächsten Jahren wahrscheinlich nicht drin sein. »Viel Spaß. Schreib mal eine Karte von unterwegs.«

»Werde ich machen. Na ja, ich muss jetzt mal weiter. Ich habe mich noch mit Nathalie verabredet. Aber wir sehen uns bestimmt später noch.«

»Was habt ihr denn noch vor?«

»Na, was wohl?« Er zwinkerte ihm zu. »Wir fahren in die Stadt und lassen es ordentlich krachen. Lust?«

***

Das Taxi verlangsamte das Tempo und kam schließlich zum Stehen. Er drückte dem Fahrer den erstbesten Geldschein in die Hand, den er aus seinem Portemonnaie fingern konnte, murmelte ein »stimmt so« und stieg hastig aus. Der Fahrer, ein junger Türke, bedankte sich mit einem Nicken und setzte seine Fahrt schließlich fort. Alex schloss die Haustür auf und betrat das heruntergekommene Mehrfamilienhaus. Eine Holztreppe führte im Treppenhaus nach oben. Auf halber Strecke hielt er inne. In dem Nebel, den der Alkohol durch seinen Kopf ziehen ließ, flackerte eine Erinnerung auf. Es dauerte einen Moment, bis er sie fassen konnte. Dann stieg er die Stufen wieder hinab und schloss seinen Briefkasten auf. Er fand einen kleinen Umschlag, prüfte mit kritischem Blick den Absender und sein Herz begann zu pochen. Hastig riss er ihn auf und begann zu lesen. Die Buchstaben tanzten vor seinen Augen.

Sehr geehrter Herr Twardoch,

wir bedanken uns für Ihre Bewerbung als Bewährungshelfer beim Landgericht Koblenz. Gern würden wir Sie persönlich kennenlernen. Diesbezüglich führen wir am Montag den 11.01. Gespräche mit einer Auswahl an Bewerbern durch. Für Sie haben wir uns 10:30 Uhr vorgemerkt. Sollten Sie den Termin zur besagten Uhrzeit nicht wahrnehmen können, oder in der Zwischenzeit eine andere Anstellung gefunden haben, kontaktieren Sie uns bitte kurz unter der o.g.

Nummer oder per E-Mail. Bis dahin verbleiben wir mit freundlichen Grüßen.

Alex las den Brief, der maschinell angefertigt war, noch zwei weitere Male durch, dann steckte er ihn in die Jackentasche und stieg hoch zu seiner Wohnung. Erst als er eine halbe Stunde später erschöpft ins Bett fiel, machte sich ein Lächeln auf seinem Gesicht breit. Innerhalb von wenigen Sekunden war er eingeschlafen.

***

München
Tammy

Sie beobachtete, wie der blaue Sportwagen auf der gegenüberliegenden Straßenseite einparkte. Schnell steckte sie sich den Rest ihres Donuts in den Mund, zerknüllte das Papier und warf es auf den Beifahrersitz. Dann sah sie wieder aus dem Seitenfenster. Ein junger Mann in einem sportlich geschnittenen Anzug stieg aus. Er ging um das Auto herum und öffnete seiner Begleitung die Tür, einer Blondine, die in ein rotes Kleid gehüllt war. Eine seiner Hände um ihre Hüfte gelegt, ging er mit ihr davon.

Tammy zwang sich, einen Moment zu warten. Sie war sehr angespannt und nervös, vor allem aber fühlte sie eine unendliche Enttäuschung. So lange hatte sie sich von ihm demütigen lassen. Damit war jetzt ein für alle Mal Schluss. Wie hatte sie sich so in diesem Menschen täuschen können? Zu naiv war sie an die Sache herangegangen. Das würde ihr nicht noch einmal passieren. Ihre beste

Freundin hatte gesagt, sie solle dankbar sein, denn eine Enttäuschung sei immer das Ende einer Täuschung. Dieses Geschwafel brachte ihr jetzt aber auch nichts.

Tammy nahm den Werkzeugkoffer vom Beifahrersitz, stieg aus und folgte den beiden unauffällig durch die belebte Einkaufsstraße am Münchener Stachus. Als sie sah, dass die beiden ein kleines, aber schickes Hotel betraten, hielt sie inne. Sie setzte sich auf eine Bank in der Nähe, stellte ihren Koffer daneben, fingerte eine selbstgedrehte Zigarette aus ihrer Jackentasche und rauchte in hastigen Zügen. Wenigstens die Zigaretten blieben ihr und waren die einzigen, die immer für sie da gewesen waren. Ihr Blick blieb auf das Hotel gerichtet, auf ein Fenster im obersten Stock.

So lange hatte sie auf diesen Tag gewartet und doch war sie nicht sicher, ob das, was sie hier tat, richtig war.

Jetzt bloß keinen Rückzieher machen, schwor sie sich selbst innerlich nochmals ein und entzündete eine weitere Zigarette. Tammy versuchte, ihre Gedanken auf die Wut zu konzentrieren, die sie in sich trug und die Zweifel verschwanden so schnell, wie sie gekommen waren. Ihr Leben war jämmerlich. Sie hatte ohnehin nichts mehr zu verlieren und würde diesem schon bald ein Ende setzen. Als sie sah wie oben die Vorhänge zugezogen wurden, nahm sie den Koffer und ging auf das Hotel zu. Bereit, *es* endlich zu tun.

Ihr Ohr fest an die Tür gepresst, hörte sie, wie die beiden im Inneren kicherten. Tammy biss sich auf die Zunge und versuchte, sich innerlich zu beruhigen. Sie wusste, was drinnen geschah, aber sie durfte die Tür nicht öffnen. Noch nicht. Geduld war alles andere als ihre Stärke.

Immerhin war es – noch – ihr Freund, der nun leise zu stöhnen anfing. Vertrauen zu einem Menschen aufzubauen, dauerte sehr lange. Es zu zerstören dagegen, ging sehr schnell.

Mit geschlossenen Augen konzentrierte sie sich darauf, nicht zu würgen. Dann hörte sie, wie sich Schritte näherten.

Die Tür wurde aufgerissen und die Frau in dem roten Kleid stand vor ihr. Einen Moment betrachteten die beiden einander ausdruckslos, dann umarmten sie sich. Tammy formte ihre Lippen zu einem »Danke.«

Sie sah der jungen Frau nach, die, ohne sich noch einmal umzudrehen, zum Aufzug ging. Tammy betrat mit ihrem Werkzeugkoffer das Hotelzimmer und zog vorsichtig die Tür hinter sich zu. Die Suite war größer als sie gedacht hatte. Nachdem sie sich kurz orientiert hatte, schritt sie zaghaft auf die angelehnte Schlafzimmertür zu.

Durch den offenen Spalt konnte sie ihn bereits sehen. Er lag mittig auf der Matratze, die Arme und Beine an die Bettpfosten fixiert. Eine Augenbinde verdeckte die Hälfte seines Gesichts. Sein Penis ragte erigiert in die Höhe. Sie trat ein.

Er schien den Windzug bemerkt zu haben, denn er begann, sich auf der Matratze zu bewegen.

»Baby, ich weiß, dass du aus dem Bad zurück bist. Jetzt komm schon her und reite mich endlich!«

Tammy blieb wie angewurzelt stehen und starrte den nackten Mann an, der ihr plötzlich so eigenartig fremd vorkam.

»Hör auf mich zu quälen, ich will dich spüren, du geiles Stück.«

Sie ging auf das Bett zu und stellte ihren Koffer daneben ab. Als sie ihm die Augenbinde abzog, schaute sie in unverständig dreinblickende Augen. Er verstand nicht, was hier gerade geschah.

»Du … äh. Was ist hier los? Schatz, ich kann …«

»Du willst mich spüren?«, unterbrach sie ihn. »Das kannst du haben.« Dann öffnete sie ihren Werkzeugkoffer und machte sich an die Arbeit.

***

Berlin
Anton

Bereits als Jugendlicher hatte Anton gewusst, dass er einmal erfolgreich werden würde. Er war davon überzeugt gewesen, dass es gar nicht anders kommen konnte und er sollte recht behalten.

Zugegeben, seine Startbedingungen waren nicht die Schlechtesten gewesen. Der Vater Lehrer, die Mutter Pfarrerin in der örtlichen Gemeinde. Zusammen mit den Eltern und seiner älteren Schwester Sarah war er in einem Haus aufgewachsen, das eigentlich viel zu groß für die vierköpfige Familie war. Anton spielte Tennis, war in einem Fechtverein, ging mehrmals die Woche ins Fitnessstudio und lernte Klavier. Und er war hübsch. Wahnsinnig hübsch. Dunkelblondes Haar und so durchdringende, blaue Augen wie man sie nur selten sah. Dazu hatte er schon früh in der Pubertät einen Wachstumsschub bekommen, war größer und reifer als seine Mitschüler. Die Mädchen an seiner Schule buhlten um ihn und er war fünfzehn, als er sein erstes Mal hatte. Anton war ein guter Schüler, schrieb die besten Noten in seiner Klasse, war bei allen beliebt, auch bei den Lehrern. In seiner Jugendzeit trank er nur selten, kiffte nicht und nahm auch sonst keine Drogen. Mit dem Gesetz geriet er nie in Konflikt. In der Oberstufe ließ er sich zum Schulsprecher wählen und engagierte sich in seiner Freizeit in einer Vielzahl sozialer Projekte. Auch in der Gemeinde war er als Leiter einer Jugendgruppe aktiv. Doch Anton tat das alles nicht aus Nächstenliebe. Das war lediglich ein schöner Nebeneffekt. Vor allem tat er es, weil er einen perfekten Lebenslauf vorzuweisen haben wollte. Sein Ziel war es, später Jura zu studieren, mit einem Stipendium von Deutschlands Eliteclub: der Studienstiftung des deutschen Volkes. Weiterhin wollte er eine Frau und zwei Kinder. Am liebsten einen Jungen und ein Mädchen, so wie er selbst aufgewachsen war. Der Anton, der nun zwanzig Jahre später durch den Berliner Tiergarten spazierte, hatte all das geschafft und noch viel mehr. Er war der jüngste Justizminister, der in der Bundesrepublik Deutschland je ernannt worden war.

Anton liebte es, durch das nächtliche Berlin zu spazieren. Gerade, wenn man wie heute die unzähligen Sterne am Himmel beobachten konnte. Er brauchte nicht viel Schlaf und bekam fast nie mehr als fünf Stunden pro Nacht. So war das eben bei Politikern. An den Wochenenden ging Anton schon früh morgens joggen, um fit zu bleiben. Nur selten war er dann am Tage erschöpft und wenn, wusste er, wo er Substanzen bekommen konnte, um wieder wach und fokussiert zu sein. Methamphetamin. Dieses Teufelszeug war der Himmel und die Hölle. Es war seine große Liebe. Als er es das erste Mal genommen hatte, war er während des Tages förmlich geflogen und hatte sich so stark wie ein Superheld gefühlt, dem nichts und niemand etwas anhaben konnte. Kokain war ein Scheiß dagegen. Seine zweite große Schwäche waren die Spekulationen. Er konnte gar nicht mehr genau sagen, wann es angefangen hatte. Irgendwann hatte ihm, bei einem der unzähligen politischen Termine, die er Tag für Tag wahrnahm, einer der Kollegen bei einer Zigarette und unter vier Augen davon erzählt. Von Aktien, von Kryptowährungen, Fiatwährungen, Gold und Silber. Von Blockchain und der Zukunft des Geldes, fernab von Staaten und Banken. Von Tauschgeschäften über Handelskonten in Hongkong, deren Gewinne direkt auf Schweizer Konten flossen und deren Verluste in Deutschland versteuert wurden. Das klang so herrlich einfach, die Staaten boten so viele Schlupflöcher. Es hatte ihm von Anfang an Spaß gemacht und irgendwann war mehr daraus geworden. Heute war er genauso süchtig danach, wie nach den weißen Kristallen. Jeder Cent, den er verdiente, floss mittlerweile in solche Geschäfte, die Augen immer offen nach neuen Einnahmequellen. Er war bereit, alles dafür zu tun.

Sein Telefon summte in der Hosentasche. Es war seine Frau und er wurde nervös. Sie wusste, dass er bei seinen Spaziergängen in Ruhe gelassen werden wollte, und sie hielt sich immer daran. Es musste etwas passiert sein. Er nahm das Gespräch entgegen.

»Anton«, sagte seine Frau und sie benutzte sonst nie seinen Vornamen. Sein mulmiges Gefühl wuchs. »Es geht um unseren Sohn. Bitte komm sofort her.«

***

Frankfurt
Sanja

Sanja ging über die Glasbrücke, die quer über den Main verlief und das Haupthaus mit den Laboren verband. Sie war beeindruckt gewesen, als sie die hohen gläsernen Bauten zum ersten Mal gesehen hatte. Ein berühmter russischer Architekt hatte sie entworfen. Die Skyline der Stadt sah aus wie eine kleine Schwester von New York City. Das Pharmaunternehmen war auf einem riesigen Gelände gebaut und für Unbefugte endete die Reise unten am Tor beim Wachschutz. Man legte hier viel Wert auf Sicherheit. Auch nach zwei Wochen hatte sie sich in diesen unendlichen Weiten ständig verlaufen und jedes Mal vor irgendwelchen Türen gestanden, für die ihre Chipkarte nicht zugelassen war. Mittlerweile hatte sie Zugang zu allen Gebäudeteilen und kannte jeden Quadratmeter des Areals. Sie verbrachte mehr Zeit auf der Arbeit als in ihrer eigenen Wohnung. Es war ein luxuriös ausgestattetes Penthouse mit Balkon und fantastischer Aussicht auf die Stadt, doch die Arbeit war ihr Leben und sie hatte privat kaum Kontakte. Sanja war als Kind mit ihren Eltern aus Bosnien nach Deutschland gekommen. Sie lernte die deutsche Sprache schnell und schrieb schon in der Grundschule bessere Noten als ihre einheimischen Klassenkameraden. Ihre Familie dagegen sprach bis heute kaum ein Wort Deutsch. Nach ihrem Medizinstudium in Heidelberg bekam Sanja das Angebot des

Konzerns und seitdem lebte sie hier in Frankfurt. Es hätte schlechter laufen können.

An der Pforte zu den Laboren angekommen, verlangte der Computer ihren Fingerabdruck. Danach wurden ihre Augeniris und die Handvene gescannt. Erst dann wurde ihr durch ein grünes Licht der Zutritt gewährt. Eine Computerstimme begrüßte sie namentlich und wünschte ihr einen schönen Tag.

Es gab hier keine Übersichtstafel. Dieser Gebäudeteil war für Besucher nicht zugänglich. Wer ihn betrat, der wusste, wo er hinmusste. Sanja desinfizierte ausgiebig ihre Hände. Dann schlüpfte sie in die Schutzkleidung. Hier gab es strenge Richtlinien. Es durfte nicht riskiert werden, dass jemand Viren oder Keime ein- oder ausschleppte. Eine weitere weltweite Pandemie konnte schließlich niemand gebrauchen. Sie erinnerte sich nur zu gut an die Lockdowns der vergangenen Jahre, in denen die Welt in Angst vor Corona erstarrt war. Die wirtschaftlichen Folgen waren heute noch spürbar.

Sanja stieg die Treppen hinab in den Keller.

Eine junge Assistentin, die gerade mit einer Pipette eine durchsichtige Flüssigkeit in eine Petrischale füllte, begrüßte sie freundlich: »Guten Morgen, Dr. Kostic. Wir kommen voran.«

Hier in diesen Räumen wurde der Grundstein für die Zukunft gelegt. Ob Krebspräparate, Alzheimer-Medikamente oder Impfstoffe gegen die neuartigen mutierten Coronaviren, die Medizin machte schnelle Fortschritte, um den Menschen größtmögliche Gesundheit und irgendwann vielleicht ewiges Leben zu ermöglichen. Vor allem jedoch, um damit Geld zu verdienen.

»Das ist ausgezeichnet. Ich weiß Ihre Arbeit hier unten sehr zu schätzen. Sie sind ein wertvolles Mitglied unseres Unternehmens.« Sanja versuchte ihren Mitarbeitern mit Wertschätzung und Empathie zu begegnen. Sie war davon überzeugt, dass Anerkennung der Schlüssel zu guter Arbeit war.

»Wir müssen aber noch einen Zahn zulegen. Wenn unsere Experimente abgeschlossen sind, müssen unsere Medikamente marktreif sein. Bringen Sie mich doch mal auf den neuesten Stand.«

***

Koblenz
Alex

»Ihren Ausweis bitte.«

Alex holte ihn aus dem Portemonnaie und hielt ihn zusammen mit seinem Einladungsschreiben gegen die Scheibe.

Der Pförtner prüfte das Bild und musterte dann den jugendlich aussehenden Mann Mitte zwanzig, der schwarze Haare, braune Augen, ein schmales Gesicht und eine ebensolche Statur hatte. Er nickte. »Alles klar. Hier durch die Tür und dann nach rechts bis zu den Aufzügen. Fahren Sie bitte erst in den fünften Stock zum Empfang. Von dort aus bringt man Sie dann zu den Mitarbeitern der Bewährungshilfe.«

Das Landgericht in Koblenz war kein schönes Gebäude, aber trotzdem war es ein Ort, der für ihn mit einer unheimlichen Magie behaftet war. Seit er während des

Praktikums im Studium das erste Mal hier gewesen war, kam er in regelmäßigen Abständen wieder. Häufig setzte er sich nur in die Cafeteria im achten Stock, aß zu Mittag und genoss den beeindruckenden Ausblick über die Stadt.

Er liebte es, von Juristen, Justizangestellten und einfachen Leuten umgeben zu sein, die entweder gerade eine Zeugenaussage gemacht hatten oder selbst in eine rechtliche Auseinandersetzung involviert waren und sich bei einer Tasse Kaffee die Wartezeit vertrieben.

Manchmal setzte Alex sich in eine der öffentlichen Verhandlungen und beobachtete das Schauspiel. Nichts anderes waren Gerichtsverhandlungen für ihn. Schauspieler auf einer Bühne, die alle ihre Rolle spielten, mehr oder weniger perfekt. Auf der Suche nach Schuld und Unschuld und verbunden durch das gemeinsame Ziel, zu einer gerechten und funktionierenden Gesellschaft beizutragen. Wenn Alex seine Wunschstelle bekäme, würde er bald ein Teil hiervon sein und das war es, was er wollte. Er konnte es kaum erwarten.

Alex stieg in den Fahrstuhl, den er sich mit einer Frau mittleren Alters teilte. Eine Aktenmappe an die Brust gepresst, musterte sie ihn.

»Guten Tag«, grüßte sie und er nickte wortlos.

In der fünften Etage stieg er wie angeordnet aus und trat ins Sekretariat. Eine Mitarbeiterin bat ihn, sich noch kurz im Wartezimmer zu gedulden.

Alex sah aus dem Fenster und beobachtete auf einem Gerüst am gegenüberliegenden Gebäude zwei Bauarbeiter. Es war ein kalter Wintertag, trotzdem sah er ihren Schweiß.

»Alex, schön dich zu sehen.« Seine ehemalige Praxisanleiterin stand in der Tür, kam auf ihn zu und gab ihm die Hand. »Ich drücke dir die Daumen für dein Gespräch gleich. Das wird schon. Komm, ich bringe dich zum Raum.«

Die beiden stiegen durchs Treppenhaus in den siebten Stock und sie öffnete die Türen mit ihrer Chipkarte. Mittig auf deren Milchglasscheiben prangte jeweils eine rote Hand, die den Durchgang für Unbefugte untersagte. Die verschlossenen Türen waren unter den Mitarbeitern umstritten. Viele Kollegen teilten die Ansicht, dass die Probanden, wie die Klienten in der Bewährungshilfe genannt wurden, gerade nicht das Gefühl wie im Gefängnis haben sollten, dass sie eingesperrt seien. Trotzdem wurde es weiterhin so gehandhabt. Seine ehemalige Praxisanleiterin führte ihn zu dem Raum, dessen Tür geschlossen war, berührte ihn sanft am Arm und ging ohne ein weiteres Wort davon.

Alex atmete noch einmal tief ein, dann klopfte er und öffnete die Tür.

»Aaah, Herr Twardoch, kommen Sie ruhig rein.« Ein Mann mit Pferdeschwanz, Dreitagebart und Brille kam auf ihn zu und schüttelte ihm die Hand.

»Setzen Sie sich doch bitte. Mein Name ist Schubert. Wir hatten Kontakt miteinander. Das ist Herr Meurer von der Personalabteilung und dies unsere Gleichstellungsbeauftragte Frau Fuchs.« Er deutete in Richtung der beiden Personen, die mit ihm auf der anderen Seite des Tisches saßen.

»Wir freuen uns, dass Sie heute hergefunden haben. Erst einmal Glückwunsch zu Ihrem ganz fantastischen

Studienabschluss. Wir haben von den Kolleginnen, bei denen Sie Ihr Praktikum gemacht haben, nur Gutes gehört.«

***

Alex fühlte sich erschöpft und ihm war etwas schwindelig. Er hatte heute eindeutig zu wenig getrunken und fühlte sich unterzuckert. Das Gespräch hatte fast eine Stunde gedauert. Sie hatten ihm alle möglichen Fragen gestellt, mit denen er nicht gerechnet hatte, fernab von den Klassikern wie »*Wo sehen Sie sich in fünf Jahren?*« und alldem, was man aus Bewerbungsgesprächen sonst kannte. Sie schienen wirklich interessiert an ihm als Mensch zu sein. An sich gefiel ihm das ja, die Fragen waren teilweise jedoch sehr persönlich, manche sogar seltsam gewesen.

»*Sind Sie ein mutiger Mensch? Sind Sie loyal gegenüber Vorgesetzten? Lassen Sie sich von Ihren Mitmenschen leicht beeinflussen? Wie groß ist Ihr Verantwortungsbewusstsein?*«

Alex verstand nicht, warum diese Dinge so wichtig waren, aber er wollte auch nicht unhöflich wirken und ließ es einfach geschehen. So versuchte er, auf jede Frage eine ehrliche und authentische Antwort zu geben. Meurer und seine Kollegen schienen mit dem Gesagten zufrieden zu sein. Sie nickten meist nur.

Im Anschluss an das Gespräch hatten sie ihm dann noch einen ganzen Stapel Fragebögen überreicht, die er ausfüllen sollte. Auch hier wurde eine Vielzahl persönlicher Fragen zu seinem Charakter gestellt, bei denen er sich auf einer Skala von 1-10 selbst einschätzen sollte. Er gab sich Mühe, auch hier alles ehrlich zu beantworten.

Alex war froh als er schließlich das gesamte Prozedere hinter sich gebracht hatte, sie sich voneinander verabschiedet hatten und er auf dem Heimweg war.

Das Bewerbungsgespräch und das merkwürdige Gefühl hallten während der Busfahrt noch immer in seinem Kopf nach und er versuchte, es zu verdrängen. Er wollte die Stelle unbedingt und eines musste man ihnen schließlich lassen: Sie machten sich scheinbar wirklich Mühe, den besten Kandidaten für die ausgeschriebene Stelle zu finden. Hoffentlich würde er es sein.

***

In einer Justizvollzugsanstalt
Manfred

Er hatte nie an einen Gott geglaubt. Wenn Manfred über all das Leid auf dieser Welt nachdachte, konnte er sich einfach keinen gutmütigen Architekten des Menschen und des Universums vorstellen. Allein wenn er an die Tierwelt dachte, in der hochgradige Perversion wie Ausrottungskriege an der Tagesordnung standen. Sein persönliches Leid machte es endgültig unmöglich. Doch obwohl er sich mit Religion nicht im Geringsten identifizieren konnte, besuchte er täglich diesen Ort: die Kapelle in der Justizvollzugsanstalt.

Wenn er mit anderen Gefangenen zusammen war, ob nun draußen im Hof, beim Mittagessen oder bei der Arbeit in der Schreinerei, war es ihm oftmals zu laut, zu hektisch. Hier an diesem Ort fand er Ruhe. Zeit über sich, seine Vergangenheit und seine Zukunft nachzudenken.

Dann saß er auf einer der Kirchenbänke. Das schulterlange, hellbraune Haar hing an ihm herab, die gefalteten Hände auf den dicken Bauch gelegt.

Meistens dachte er an Jonas. An seine großen, braunen Augen, das strubbelige, braune Haar, den schmalen Mund, die weiche Haut. Daran, wie es war, ihn nackt vor sich zu sehen und seinen zarten Körper zu berühren. Wie es war, in ihn einzudringen und ihn leise stöhnen zu hören.

Manfred hatte gehofft, er könnte für immer mit ihm in der Hütte im Wald zusammenleben. Er wollte ihn aufwachsen sehen, beobachten, wie sein Körper sich veränderte und sein starker Freund sein. Aber im Leben kamen die Dinge ja meistens anders als man sie geplant hatte. Was war das für eine Welt, in der ein Kind nicht älter als dreizehn Jahre wurde?

Hätte man ihn und Jonas einfach in Ruhe gelassen, dann wäre das alles nicht passiert. Dann wären sie heute noch glücklich. Bis in alle Tage. Manfred wäre nicht in diesem Loch und Jonas nicht auf einem kleinen Friedhof am Stadtrand. Unter der großen Eiche, in der Nähe einer Wasserstelle.

Einer der Psychologen hatte Manfred angeboten, er könne die Zeit in der Haft nutzen, um eine Therapie zu machen, aber er hatte nur ungläubig mit dem Kopf geschüttelt und das Gespräch ohne ein weiteres Wort abgebrochen. Er war doch nicht krank.

Manfred konnte sich noch gut an seine erste homosexuelle Fantasie erinnern, die er bereits in der Grundschule gehabt hatte. Obwohl er nie sportlich war und schon als Jugendlicher einen deutlichen Bauchansatz hatte, war der

Sportunterricht auch auf der weiterführenden Schule sein Lieblingsfach gewesen. Nach der Stunde beobachtete er immer heimlich seine Mitschüler, wenn sie sich umzogen oder unter der Dusche standen. Abends masturbierte er zu den Bildern in seinem Kopf. Und während er Jahr um Jahr älter wurde, blieben die Jungs, für die er sich interessierte, in der gleichen Alterskategorie wie seine damaligen Mitschüler. So war es halt, aber das war doch nicht weiter schlimm. Er konnte halt besser mit Jüngeren.

Manfred schloss die Augen und atmete ruhig. In diesem Moment hörte er Schritte. Es war der Justizvollzugsbeamte. Ein junger Mann, der noch keine Orientierung im Leben hatte und erst einmal ein bisschen Geld verdienen wollte.

»Herr Steinke, Ihr Anwalt ist da. Er wartet im Besucherraum.«

Manfred nickte, stand auf und folgte seinem Wärter. Auf halbem Wege drehte er sich um und warf einen letzten Blick auf das große Kreuz, an dem der Herr hing. Er würde ihn morgen wieder besuchen kommen.

***

Ostsee
Gunnar

»Ich geh mir noch ein Bier zapfen. Will noch jemand was trinken?«

Gunnar schüttelte den Kopf. Er war zu versunken in das Spiel.

»Na, wie siehts aus, alter Seebär? Gehst du mit oder nicht?«, fragte Marek amüsiert. Marek war ein guter Spieler. Er erzählte oft Geschichten, wie er als junger Mann auf seinen Reisen an den Pokertischen dieser Welt gespielt hatte. Gegen Europäer, gegen Amerikaner, gegen Asiaten. Dabei sprach er kein Wort Englisch. Oder wie er als Taschenspieler und Gelegenheitsdieb sein Geld in Barcelona und Venedig verdient hatte. Es waren spannende Geschichten. Marek musste ein aufregendes Leben gehabt haben und die gelegentlichen Pokerabende bei Gunnar schienen ihn wenigstens für ein paar Stunden wieder zurück in diese Zeit zu führen. Und meistens ging er, wenn die Runden am frühen Morgen endeten, auch noch mit mehr Geld wieder aus der Kneipe heraus, als er hineingekommen war. Obwohl er so viel trank.

»Ja, ich will sehen.« Marek zeigte einen Flush und Gunnar warf seine Karten verdeckt auf den Muck, wie der Kartenstapel in der Mitte des Tisches in Fachkreisen auch genannt wurde.

»Nicht dein Tag heute, Gunnar?«, scherzte Marek. »Aber mal ernsthaft, Kumpel. Was ist denn los mit dir? Du wirkst den ganzen Abend schon so abwesend.«

Gunnar schob die Karten zu Ole, der nun mit Mischen dran war. Er war Postbote auf der Insel.

»Ach, es sind die letzten Wochen. Ich kann einfach nicht glauben, was hier gerade passiert. Jeden Morgen wache ich auf und bete dafür, dass all das nur ein böser Traum ist. Und dann höre ich wie die Leute zum Hafen ziehen. Einer nach dem anderen. Bald sind sie alle weg.«

»Wie könnte man es ihnen verübeln?« Fiete kam vom Klo zurück in den Raum. »Nicht jeder hat eine so tiefe

Verbindung zu dieser Insel wie du, Gunnar. Viele sind hier geboren oder wollten für ein paar Jahre mal was anderes sehen und jetzt ziehen sie weiter. Das Leben besteht nun mal aus Veränderungen, das gehört doch dazu. Wenn du jung wärst, würdest du vielleicht auch dem Ruf nach Geld folgen. Es sind unsichere Zeiten, in denen ein sicherer Job wichtiger denn je ist.«

Gunnar wusste, worauf er anspielte. Natürlich hatten diese widerlichen Politiker einen Köder ausgeworfen, um die Menschen von dieser Insel zu locken und Geld war noch immer das sicherste Lockmittel. Zu dem einmaligen Geldbetrag, den jeder erhielt, kamen die Versprechungen eines sicheren Arbeitsplatzes. Gunnar war dieses Pharmaunternehmen schon lange ein Dorn im Auge gewesen. Es hatte sich zu einer Trillion-Dollar-Company entwickelt und im letzten Jahrzehnt nach und nach die Konkurrenz aufgekauft. Sie hatten mittlerweile nicht nur Hunderttausende Mitarbeiter in aller Welt, sondern auch einen der größten Standorte in Deutschland. Wer hier einen Fuß in der Tür und einen unbefristeten Arbeitsvertrag hatte, brauchte sich nicht mehr allzu viele Sorgen machen, wie er das Schnitzel auf dem Teller oder den Kindergartenplatz der Tochter bezahlen sollte.

»Ich weiß ja, dass du recht hast, Fiete. Aber egal. Ich werde nicht gehen. Ich bleibe hier.« Gunnar dachte an Magda. An den Moment, als er sie das erste Mal am Strand gesehen hatte. Irgendwann hatte auch sie diese Insel verlassen, aber er würde den Traum nicht aufgeben, dass sie eines Tages zurückkommen und er sie wiedersehen und mit ihr zusammenleben würde, bis irgendwann der letzte Vorhang fiel. »Definitiv, ich bleibe hier«, sagte

Gunnar nochmals entschlossen. »Was ist mit euch?« Er sah herausfordernd in die Runde.

»Ich kann dich doch hier nicht allein lassen«, sagte Fiete augenzwinkernd und nahm einen Zug von seiner Pfeife. Er lebte allein, hatte seine Rente und bis auf die Poker-abende war sein Leben wenig spannend.

Gunnar sah zu Marek hinüber, dessen Leben im Kern nicht anders war.

»Ich schließe mich an«, sagte dieser. Nun waren alle Blicke auf Ole gerichtet.

»Was ist mit dir, Ole?«

Ole wich den Blicken aus. »Na ja, ich weiß nicht. Ich muss doch so was mit der Monika besprechen. Aber ich denke, solange auch nur einer von euch hierbleibt, bleibt mir keine Wahl. Irgendeiner muss doch die Post ausliefern.«

Die Freunde lachten. Sie hatten einen Pakt geschlossen.

***

Stockholm
Konstantin

Die Maschine war mit einer halben Stunde Verspätung am Flughafen Stockholm/Arlanda gelandet. In der Business Class hatte Konstantin bereits ein leichtes Frühstück zu sich genommen. Obst und etwas Joghurt. Dazu einen Caramel-Krokant-Cappuccino. Er fühlte sich gut. Es funktionierte alles so, wie er es sich vorher überlegt hatte. Jetzt brauchte er nur noch abzuwarten, wie die Dinge ihren Lauf nahmen. Er wäre bald ein reicher Mann und die

Welt würde ihm offenstehen. Dabei war Geld für ihn nebensächlich. Er wollte Spuren hinterlassen, wenn er irgendwann gehen musste. Menschen sollten sich auch in Hunderten von Jahren noch an ihn erinnern. Einstein, Galileo Galilei oder Darwin. In diese Riege wollte er aufsteigen. Er wollte irgendwann zu dem Kreis derer gehören, die sich mit dem Nobelpreis schmücken konnten. Konstantin war sich sicher, dass er das schon sehr bald schaffen würde. Schließlich hatte er die richtigen Kontakte.

Das größte Problem der Forschung war seiner Meinung nach, dass sie sich immer der Moral und Ethik unterwarf. Welche bahnbrechenden Erkenntnisse und Fortschritte hätte es schon geben können, wenn der Mensch sich nicht ständig selbst Grenzen setzen würde. In einer grenzenlosen Welt könnte man bereits leben. Wenn es nicht immer heißen würde: Dies können wir nicht machen und das nicht. Menschenrechte hier und da. Selbst Versuche an Tieren lehnten viele Menschen ab. Es kotzte ihn an. Die Nationalsozialisten hatten sich um so etwas nicht geschert und große Erfolge gefeiert. Ärzte hatten Medikamente, Impfstoffe oder biologische und chemische Kampfstoffe an den Häftlingen in den Konzentrationslagern getestet. Sie bewusst mit Krankheiten infiziert, um diese zu erforschen. Sie hatten studiert, wie der Mensch bei Unterdruck oder Unterkühlung reagierte. Häftlinge wurden gezwungen Meerwasser zu trinken, um ihnen beim Verdursten zuzusehen. Ja, einer der Lagerärzte in Österreich entfernte sogar den Insassen bei lebendigem Leib einzelne Organe, um zu schauen, wie lange der Mensch ohne Leber, ohne Niere oder Herz überlebte. Er bekam den Spitznamen ›Dr. Tod‹ und konnte nach dem Ende des zweiten Weltkrieges fliehen. Die Nationalsozialisten hatten Todesfälle in Kauf genommen, um die Forschung voranzubringen und davon profitierte man noch heute. An diese Tradition müsste man anknüpfen.

Konstantin orderte sich ein Taxi. Nach zwanzig Minuten Fahrt hatte er sein Hotel erreicht. Er hatte sich entschieden, heute nicht mehr vor die Tür zu gehen und den Tag im Restaurant und auf dem Zimmer zu verbringen, um sich ein bisschen von den Strapazen der letzten Monate zu erholen. Es gab hier eine erstklassige Küche. Die letzten Jahre waren harte Arbeit gewesen. Die ersten zwei Phasen seines Projekts waren abgeschlossen. Die alles entscheidende dritte Phase würde bald beginnen und er war positiv aufgeregt. Erst in einigen Wochen würde er wieder nach Deutschland reisen, um das, was er angefangen hatte und was sich jetzt nicht mehr stoppen ließ, zu Ende zu bringen. Zum Wohle der Forschung. Zum Wohle der Menschheit.

***

Berlin
Anton

Anton stand vor dem großen quadratischen Betonklotz, der eher aussah wie ein renovierungsbedürftiges Hotel als nach einer renommierten Klinik. Die Charité jedoch war das älteste Krankenhaus Berlins mit einer Jahrhunderte alten Geschichte. 1710 auf Anordnung des preußischen

Königs Friedrich Wilhelm I gegründet, war es heute weit über die Grenzen der Stadt oder Deutschland hinaus bekannt.

Seine Frau war allein in die Notaufnahme gegangen. Ihm waren Krankenhäuser schon immer zuwider gewesen. Der Mann, der nach außen hin so eine harte Schale hatte, konnte kein Blut sehen. Wenn im Fernsehen irgendwelche Arztserien liefen, schaltete er sofort um. Wer war auch schon so verrückt, Ärzten bei einer Operation zuzusehen und dabei Chips zu essen. Brot und Spiele.

Anton zündete sich eine Zigarette an und dachte nach. Die nächsten Wochen und Monate würden wichtig sein und er hatte keine Zeit für derartige Zwischenfälle. Schon in seiner Kindheit war er ein sehr planvoller Mensch gewesen und Störungen machten ihn wütend. Er brauchte Kontrolle über die Dinge. Zumal er immer gewusst hatte, dass es mit diesem Flittchen noch Ärger geben würde. Als er Tammy bei einem gemeinsamen Abendessen kennengelernt hatte, war Anton sprachlos gewesen. David war der Sohn des Justizministers von Deutschland. Er war eine gute Partie. Und wen schleppte er an? Eine Tätowierte mit Rastafrisur, die aussah, als würde sie mit ihren Freunden Autos anzünden und in besetzten Häusern leben. Eine, die auf Demos für den Weltfrieden oder das Klima protestierte, als gäbe es keine wichtigeren Themen in der Politik. Anton waren diese linken Weltverbesserer ein Dorn im Auge und er würde niemals mit ihnen koalieren. Sie wollten doch den Reichen nur das Geld aus der Tasche ziehen. Und jetzt trieb so eine es mit seinem Sohn, den er zu einem anständigen jungen Mann erzogen zu haben glaubte, der eines Tages in die Fußstapfen seines

Vaters treten sollte. Dabei hatte sie nicht einmal dicke Titten, wie die anderen Frauen, die David regelmäßig traf. Was hatte er bloß an diesem Weib gefunden?

Zum Glück machte wenigstens seine Tochter etwas aus sich. Sie war in einer Führungsposition bei einer großen internationalen Bank. Zwei Versager in der Familie hätte Anton nicht verkraftet. Dann hätte er sich gleich einen Strick kaufen und sich erhängen können.

Als er sich die zweite Zigarette anzündete, kam seine Frau aus dem Gebäude. Sie brauchte einen Moment, um sich zu sammeln, noch immer sichtlich bewegt von dem, was passiert war.

»Er ist zwar voll mit Schmerzmitteln, aber stabil. Die Polizei ist schon informiert.«

Anton nickte.

»Wir werden diese Göre finden, das verspreche ich dir.«

***

Berlin
Winfried

Seine Frau reichte ihm ein Tablett mit Tee und etwas Gebäck und setzte sich zu ihm. Winfried saß im Lesesessel in seiner Bibliothek und hörte klassische Musik von Johann Sebastian Bach. Er war stolz auf die unzählbaren Bücher, die sich im Laufe seines Lebens angesammelt hatten und alle eine eigene Geschichte zu erzählen hatten. Er wusste von jedem Buch, wo und in welchem Abschnitt seines Lebens er es gelesen hatte, ja, sogar wie es roch. Sein Gedächtnis funktionierte noch sehr gut. Winfried hatte immer von einer eigenen Bibliothek geträumt. Dies war sein Lieblingsplatz in dem Zehlendorfer Anwesen, in dem er als Kind aufgewachsen war und das er nie verlassen hatte. Seine Eltern waren schon seit über zehn Jahren verstorben, erst sein Vater, dann kurz darauf seine Mutter, aber doch waren sie noch irgendwie hier. In den alten Gemäuern, den Fotos, der Einrichtung, die er nie wirklich modernisiert hatte. Es war einer der seltenen Momente, in denen Winfried wirklich entspannen konnte.

Seine Frau hatte ihn immer gewarnt, dass die Politik nichts für ihn sei. Machtkämpfe, Termine von morgens bis abends und maximal fünf Stunden Schlaf pro Nacht. Das sei ein Spiel für junge Männer. Nicht für jemanden, der ein Dutzend verschiedene Tabletten nehmen musste und einen Herzschrittmacher hatte.

Winfried hatte sein Leben hinter sich. Er hatte dreißig Jahre als Richter an einem Landgericht gearbeitet und war dann in den wohlverdienten Ruhestand gegangen. Seine Frau hatte sich gefreut, dass sie nun nicht mehr allein zu Hause war und mit ihrem Mann all das tun konnte, wofür immer die Zeit gefehlt hatte. Gemeinsam kochen, Spaziergänge in der Natur oder auch nur ganze Tage auf der Couch vor dem Fernseher verbringen. Sie hatte sich über die Jahre so oft ausgemalt, wie schön es werden würde. Endlich konnten sie gemeinsam das Leben genießen.

Winfried hatte nichts dazu gesagt, aber sie hatte seine Unruhe bemerkt und gewusst, dass er nicht glücklich mit diesem neuen Leben war. Das ihm eine Aufgabe fehlte. Wie sollte sie es ihm verübeln? Jemand, der sein ganzes Leben immer morgens aufgestanden und zur Arbeit gefahren war, dessen Leben aus Akten und aufregenden Gerichtsprozessen bestanden hatte, der Mörder oder Vergewaltiger verurteilte, sollte sich von einem Tag auf den anderen damit abfinden, dass nun Kreuzworträtsel oder Unkraut zupfen die Highlights des Tages waren? Für sie war es ja immer so gewesen. Sie kannte es nicht anders.

Früher war es die Justiz, nun war die Politik seine große Liebe geworden. Beide verband das Streben nach Gerechtigkeit, das Winfrieds Lebensthema geworden war und sie musste zugeben, dass sie stolz auf ihren Mann war, der es in wenigen Jahren in der Politik in eines der höchsten Ämter des Staates geschafft hatte. Die Menschen spürten, dass er eine ehrliche Haut war. Dass es ihm nicht um Macht ging, sondern um ein gutes Leben für alle. Das war selten geworden. Dass er einer von ihnen war. Ein Mann aus dem Volk. Ein Mann, den dieses Land gerade mehr brauchte als je zuvor. Ein Mann, den seine Frau jetzt noch weniger zu Gesicht bekam als in seinem ersten beruflichen Leben.

»Glaubst du, es ist eine gute Idee, was wir tun?«, fragte Winfried seine Frau.

Sie sah aus dem Fenster und überlegte. Auf der gegenüberliegenden Straßenseite parkte ein grauer Seat, aus dem heraus zwei Zivilpolizisten das Haus im Blick behielten. Winfried fragte seine Frau oft vor wichtigen Entscheidungen nach ihrer Meinung. Ihre Einschätzung war ihm wichtig. Sie war seine neutrale Stimme. Das bedeutete ihr viel. Sie überlegte, was sie sagen sollte. Wie immer entschied sie sich für die Wahrheit.

»Ich weiß es nicht, Schatz.«

***

Koblenz
Alex

Alex saß auf den Stufen des Kaiser-Wilhelm-Denkmals am Deutschen Eck und sah hinaus aufs Wasser. Er liebte diesen Ort, an dem Rhein und Mosel zusammenflossen und der Jahr für Jahr Hunderttausende Touristen aus aller Welt anzog. Sie spazierten am Wasser, aßen Eis, machten Schiffstouren durch das Welterbe Oberes Mittelrheintal oder fuhren mit der Seilbahn zur Festung Ehrenbreitstein hinauf. Trotz der vielen Touristen war es eine sehr saubere Stadt, deren Grünflächen seit der Bundesgartenschau vor fünfzehn Jahren strahlten. Obwohl mitten im Winter, war heute für einige Stunden die Sonne rausgekommen und hatte die Menschen in die Natur gelockt. Sie flanierten an Alex vorbei und schossen Fotos, ohne Notiz von ihm zu nehmen. ›Es tut unserer Seele gut, wenn wir in den Rhythmus der Natur einschwingen‹, stand auf einem der Steinblöcke am Wasser. Es war ein Zitat von Anselm Grün. Ein Mann mit Akkordeon stand am Ufer und spielte alte Musik. Die Stadt hatte veritable Straßenmusiker.

Alex dachte über seine Zukunft nach. Wo er leben wollte. Was er aus seinem Leben machen würde. Was für ein Mensch er sein wollte. Die wirklich wichtigen Dinge. Wie immer hatte er keine Antwort darauf. Weitreichende Entscheidungen waren ihm schon immer schwergefallen. Oft hatte er die Entscheidung so lange vor sich hergeschoben, bis die Zeit sie erübrigt hatte. Doch inzwischen war er in einem Alter, in dem er sich etwas mehr Klarheit wünschte. Alex musste an den Film *Mr. Nobody* mit Jared Leto denken, der ihm sehr gefallen und den er schon so oft gesehen hatte. Solange man sich nicht entscheidet, scheinen immer noch alle Möglichkeiten offen, hieß es dort. Dieser Satz trug so viel Wahrheit in sich. Das Klingeln seines Handys riss ihn in die Realität zurück.

»Ja?«, meldete er sich.

»Herr Twardoch? Schubert hier. Sie hatten sich vor ein paar Tagen bei uns in der Bewährungshilfe vorgestellt. Und was soll ich sagen: Wir würden Ihnen die offene Stelle gern anbieten.«

»Das freut mich sehr. Wirklich.«

»Uns auch, Herr Twardoch. Vielleicht haben Sie heute oder morgen die Gelegenheit, noch einmal vorbeizukommen, damit wir etwas ausführlicher über das Stellenprofil und das weitere Vorgehen sprechen können. Es gibt da ein paar Besonderheiten.«

Alex überlegte.

»Also ich bin ohnehin gerade in der Nähe. Falls Sie auch jetzt gleich Zeit hätten. Ich bräuchte keine Viertelstunde.«

»Prima, dann sehen wir uns gleich.«

***

München
Tammy

Wenn der picklige Tankstellenmitarbeiter sich über ihren Einkauf wunderte, ließ er es sich zumindest nicht anmerken. Wer kam schon im Winter auf die Idee zu grillen? Zumindest hatte sie sich Würstchen und Fleisch dazu gekauft, damit es etwas glaubwürdiger rüberkam. Und eine Flasche Ketchup. Wahrscheinlich hatte er wenig Interesse an seinem Job und verdiente sich nur ein Paar Euro zum Studium dazu, um sich ein 1-Zimmer-Appartement in der bayrischen Landeshauptstadt überhaupt leisten zu können. Das Leben hier war verdammt teuer geworden, aber das spielte für sie keine Rolle mehr.

Tammy verließ die Tankstelle, den Einweggrill auf dem Arm. Sie lud ihn in den Kofferraum des Mietwagens und fuhr los. Es war kurz vor 22 Uhr und die Straßen waren wie leergefegt. Sie hatte es eilig. Bestimmt suchte man schon nach ihr. Es wäre klüger gewesen, sich zu maskieren, aber sie wollte, dass er wusste, dass sie es war, die sein Leben so zerstörte, wie er es mit ihrem getan hatte. Zumal er sie ohnehin hinter der Sache vermutet hätte.

Tammy war nicht nervös, nicht unruhig oder angespannt. Sie spürte eher Erleichterung, dass es endlich passieren würde. Hatte sie doch ohnehin immer gewusst, wie ihr Ende aussehen würde. Die Frage war nur gewesen, wann es so weit sein sollte.

Die Depressionen verfolgten sie schon seit so vielen Jahren. Es gab immer wieder Phasen, in denen sie den inneren Druck kaum aushielt, sie an nichts mehr Freude hatte, keinen Sinn mehr in ihrer Existenz sah. Dann wurde es nach und nach besser und ihr ging es manchmal sogar gut, auch wenn sie sich nie als glücklich bezeichnet hätte, bis der Kreislauf von vorn begann. Die Depression war wie ein alter Freund geworden, der ab und an vor der Tür stand. Sie hatte mit ihm geplaudert und schaffte es immer wieder, ihm nach einigen Stunden oder Tagen zu sagen, dass er jetzt wieder gehen solle. Aber irgendwann war ihr das nicht mehr gelungen, ihn wegzuschicken. Sie hatte ihn in die Wohnung gelassen, wo er sich nun ausgebreitet und dauerhaft eingenistet hatte.

Ja, Tammys Depression war wieder da, schlimmer als je zuvor und sie war sicher, dass sie nicht mehr weggehen würde. Also war Tammy im Baumarkt gewesen und hatte Isolierband gekauft. Nun fuhr sie zu der Ferienwohnung, die sie unter falschem Namen angemietet hatte. Niemand würde sie dort vermuten. Dann würde Tammy warten, bis es mitten in der Nacht war. Sie würde einen Zettel an die Schlafzimmertür hängen, weil sie keinen Feuerwehrmann oder Sanitäter in Gefahr bringen wollte, wenn er das Zimmer betrat. Dann würde sie Fenster und Tür des kleinen Raums isolieren, sodass keine Luftzirkulation rein und raus mehr möglich wäre. Die Kohlen des Einweggrills würde sie zum Glühen bringen, sich ins Bett legen und darauf warten, bis die Kohlenmonoxid-Konzentration hoch genug war. Ihr Blut könnte irgendwann den Körper nicht mehr mit Sauerstoff versorgen. Es sollte ein angenehmer Tod werden. Sie würde einfach einschlafen und nicht mehr aufwachen. Ohne es überhaupt mitzubekommen. Früher hatten sich die Menschen mit Kohlenmonoxid bei laufendem Motor in ihren Autos getötet. Doch die modernen Katalysatoren neuer Autos machten es schwer bis unmöglich, genug Konzentration des Gases zu erreichen. Nun wurde diese neue Methode immer beliebter.

Tammy hatte überlegt, ob sie Drogen nehmen oder sich betrinken sollte, aber sie wollte ihren Verstand nicht vernebeln. Sie wollte in ihren letzten Momenten klar sein und sich ganz auf ihre letzten Gedanken fokussieren. Sie war überzeugt, dass der Mensch im Moment des Todes alles verstand, was ihm vorher nicht begreiflich war. Dass es eine Antwort auf all die Fragen des Lebens gab. Was wäre ein Rätsel ohne Lösung?

Sie zuckte zusammen und wurde aus ihren Gedanken gerissen, als ein Auto sie überholte und dicht vor sie fuhr. Ein rot beleuchteter Schriftzug blinkte auf dem Dach des Autos auf. »Stopp! Polizei!« Tammy atmete tief ein und aus, um sich zu beruhigen. Es machte keinen Sinn, jetzt die Heldin zu spielen. Wahrscheinlich war ihr Rücklicht defekt oder sie hatte ein Temposchild übersehen und war zu schnell gefahren. Bestimmt würde man sie ermahnen und schnell weiterfahren lassen. Schließlich hatte sie nichts getrunken, keine Drogen konsumiert und auch keine verbotenen Gegenstände bei sich. Sie fuhr auf den Seitenstreifen und parkte hinter dem Einsatzfahrzeug. Zwei Polizisten stiegen aus. Ihre Warnwesten schimmerten in der Dunkelheit. Der eine blieb vor ihrem Auto stehen, der andere kam zur Fahrertür. Sie ließ das Fenster herunter.

»Schönen guten Abend, die Dame. Bitte einmal Führerschein und Fahrzeugpapiere.« Er leuchtete mit einer Taschenlampe in das Innere des Autos. Tammy hatte versucht, sich auf alle Eventualitäten vorzubereiten. Sie überreichte dem Polizisten das gefälschte Ausweisdokument, das sie vor zwei Wochen über das Darknet bestellt hatte. Es war aufregend gewesen und sah täuschend echt aus. Der Polizist warf einen langen Blick auf den Ausweis, dann wieder auf Tammy, der andere prüfte das Nummernschild und sprach etwas in sein Funkgerät. Er wartete auf eine Antwort. Schließlich nickte er seinem Partner zu. Dann ging alles ganz schnell. Der Polizist neben der Fahrertür zückte seine Waffe, richtete sie auf Tammy und rief mit lauter Stimme: »Sofort aussteigen! Raus aus dem Wagen!«

***

Berlin
Anton

Seine Jeanshose lag noch im Bad, er hatte sie nach dem Duschen dort vergessen. Anton hob sie auf und fingerte ein mehrmals gefaltetes Stück Papier aus dem kleinen Fach, das in der rechten Vordertasche eingenäht war. Die meisten Menschen wussten nicht, wofür die fünfte Tasche einer 5-Pocket-Jeans eigentlich gedacht war. Sie bewahrten hier Kleingeld, Kondome, USB-Sticks oder Schlüssel auf, obwohl es eine schreckliche Fummelei war, diese Dinge dort wieder herauszubekommen. Als der deutsch-amerikanische Industrielle Levi Strauss die Jeans im Jahre 1873 entwickelt hatte, hatte sie ursprünglich nur vier Taschen gehabt. Später wurde eine fünfte eingenäht. Sie diente den Cowboys und anderen Arbeitern als Aufbewahrungsort für die damals beliebten Taschenuhren.

Sie ließen sich an der Kette leicht herausziehen. In den USA wurde ihr der Name »*watch pocket*«, also Uhrentasche gegeben. Levi Strauss hatte sich getäuscht. Die beste Verwendungsmöglichkeit dieser fünften Tasche war eine andere. Sie war optimal für die Aufbewahrung von Drogen.

Anton faltete das Papier auseinander, legte es vorsichtig vor sich auf dem Badewannenrand ab. Darauf das weiße Pulver. Die Kristalle waren schon zerkleinert. Er hockte sich hin. Durch ein selbstgebasteltes Papprohr zog er das weiße Glück in die Nase, schüttelte sich. Sein Puls beschleunigte sich, ihm wurde warm. Anton brauchte einen Moment, um sich zu sammeln. Dann versteckte er die Drogen wieder, verließ das Bad, ging ins Schlafzimmer und rief seine Frau.

Sie hatte sich gerade ausgezogen und zu ihm ins Bett gelegt, als sein Telefon klingelte. Verflucht, nie hatte man seine Ruhe. Nicht einmal beim Sex. Dabei hatte er gerade erst ein halbes Vermögen dafür ausgegeben, dass seine Frau sich die Brüste hatte machen lassen.

»Ja«, meldete er sich schroff und hoffte für den Anrufer, dass es etwas Wichtiges war.

»Herr Minister, wir haben sie. Das Zielobjekt wurde vor wenigen Minuten in Gewahrsam genommen.« Anton lächelte. Er hatte unverzüglich eine groß angelegte Fahndung nach ihr veranlasst und ihr Foto auf alle Bildschirme dieser Nation gebracht. Wozu brauchte man Macht, wenn man sie nicht auch einsetzte? Schließlich meldete sich ein Mitarbeiter einer Autovermietung, der meinte, sich an die Frau zu erinnern, auch wenn sie sich unter einem anderen Namen bei ihm eingetragen hatte. Er konnte das Auto beschreiben und das Nummernschild benennen. Bei einer der zahlreichen Verkehrskontrollen in München und Umgebung musste sie nun in die Falle getappt sein. Der Rechtsstaat funktionierte, wenn man es drauf anlegte.

»Gute Arbeit. Geben Sie Ihren Jungs einen Tag Extraurlaub.«

»Wird gemacht, Chef. Was machen wir jetzt mit ihr?«

Er überlegte. »Lasst sie erst mal in der Zelle, um alles Weitere kümmere ich mich morgen«, sagte er und legte ohne ein Wort der Verabschiedung auf. Anton legte sich wieder zu seiner Frau ins Bett.

»Was ist los, Schatz?«

»Sie haben das Mädchen.«

»Und was hast du nun mit ihr vor?«

Anton hatte schon einen Plan, durch den sich das Problem von ganz allein erledigen würde.

»Was wohl!? Ich sorge dafür, dass sie auf diese verfluchte Insel kommt.«

***

In einer Justizvollzugsanstalt
Manfred

Er saß am Tisch und hatte die Hände wie zum Gebet gefaltet, als Faßbender den Raum betrat. Die beiden Männer kannten sich seit der Jugend, waren zusammen zur Schule gegangen. Faßbender war der einzige Freund, den er hatte. Seit der Sache mit Jonas hatten sich alle von ihm abgewandt, einschließlich seiner eigenen Familie. Auf Faßbender konnte er sich jedoch immer verlassen.

»Morgen, wie gehts dir?«, fragte dieser ihn.

»Ich muss gestehen, ich bin ein wenig aufgeregt. Das letzte Mal, dass ich auf einem Schiff war, war als Kind, und da bin ich vom Klo nicht mehr runtergekommen, so schlecht war mir.« Manfred lachte. Er hatte Faßbender direkt angerufen, als er den Zettel am Schwarzen Brett entdeckt hatte.

Freiwillige Teilnehmer gesucht.

Für ein Wohnprojekt in der Ostsee werden noch freiwillige Teilnehmer gesucht. Bei Interesse und für weitere Informationen wenden Sie sich bitte an den zuständigen Sozialdienst.

Mehr hatte dort nicht gestanden, doch es hatte ihn neugierig gemacht. Manfred würde alles dafür geben, hier rauszukommen und an der Ostsee war es bestimmt deutlich angenehmer als innerhalb der acht Quadratmeter, auf denen er jetzt lebte. Gerade einmal genug Platz für Bett, Schrank, Tisch und Stuhl sowie die Nasszelle. Das Zimmer war kalt und leer. Der Blick durch das vergitterte Fenster fiel in den Hof. Als der Gefangenentransport ihn damals auf das Gelände der Justizvollzugsanstalt gebracht hatte und das schwere Tor sich hinter dem Fahrzeug mechanisch schloss, übermannte ihn ein Gefühl der Enge und Einsamkeit. Es war bis heute geblieben. Manfred wünschte diesen Ort niemandem. Vor allem keinem wie ihm. Kinderschänder nannten ihn die Menschen hier. Vergewaltiger und Mörder. Er war schon am ersten Tag zusammengeschlagen worden. Seitdem fehlten ihm zwei Zähne. Die Torturen, die er durchmachte, hatten bis heute nicht aufgehört. Die anderen Häftlinge lachten über ihn, wegen seinem dicken Bauch, den stets fettigen Haaren und dem ungepflegten Äußeren. Die Wärter hätten ihn hier beschützen müssen. Er fühlte sich im Stich gelassen.

»Ich habe mich auch noch mal ein bisschen schlau gemacht, Manfred. Die Sache klingt sehr gut. Sagt dir Bastøy etwas?« Sein Freund schüttelte den Kopf.

»Das dachte ich mir. Die Haftanstalt Bastøy ist wohl das absurdeste Gefängnis der Welt. Dort leben knapp hundert Straftäter nach einem liberalen Ansatz zusammen auf einer Insel. Es gibt verschiedene Häuser, jeder hat sein eigenes Zimmer. Man kann rausgehen, wann immer man möchte. Es wird zusammen gekocht, Sport gemacht, Pizza gegessen und ferngesehen. Es gibt keine Zäune, Mauern oder Gitter. Alles auf der Basis von Vertrauen – und es funktioniert. Es soll quasi eine Vorbereitung auf die Zeit danach sein. Die Gefangenen sollen lernen, mehr Verantwortung für das eigene Leben zu übernehmen. Wenn du mich fragst, die Skandinavier sind uns in so vielem voraus. Wir brauchen immer ein paar Jährchen länger, um auf solche Ideen zu kommen. Wie dem auch sei, jetzt plant die Bundesregierung ein Projekt nach einem ähnlichen Ansatz und ich habe wirklich keine Ahnung warum, aber du bist einer der Bewerber, die sie ausgewählt haben. Lange Rede, kurzer Sinn: Nächste Woche geht es los, mein Freund. Du könntest also anfangen deine Siebensachen zu packen.«

***

München
Tammy

Nach der ersten polizeilichen Vernehmung, die unendlich lange gedauert hatte, bestimmt zwei oder drei Stunden – sie hatte keine Uhr – war sie in eine Zelle gebracht worden, die so aussah, wie man sie sich vorstellte, wenn man an ein Gefängnis dachte. Die zwei Polizisten hatten Tammy unmittelbar nach der Festnahme darüber informiert, was ihr zur Last gelegt wurde und sie belehrt, dass sie keine Angaben zu den Tatvorwürfen machen müsse. Man könne und werde dies sonst später gegen sie verwenden. Ihr wurde geraten, einen Anwalt zu kontaktieren. Wenn sie sich dies nicht leisten könne, würde ihr ein Pflichtverteidiger gestellt. Tammy hatte, seit sie der Aufforderung nachgekommen und aus dem Auto gestiegen war, kein Wort mehr gesprochen, alles einfach über sich ergehen lassen. Die unzähligen Fragen der Polizisten und deren Versuche, sie aus der Reserve zu locken, hatte sie ignoriert. Tammy wusste, dass das am klügsten war. Jeder, der einen Fernseher hatte oder Bücher las, wusste das. Erst wurde sie von einem Mann, dann von einer Frau und dann von beiden zusammen befragt. Guter Bulle, böser Bulle. Das alte Spiel. Ohnehin hatte Tammy sich erst einmal sammeln müssen. Jetzt, nachdem alles anders gelaufen war, als sie es so akribisch geplant hatte. Sie hatte keine Ahnung, was sie nun tun sollte. Wusste nicht weiter. Saß auf ihrer Pritsche und starrte an die kalte nackte Wand. Mit der Hoffnung, dass alles nur ein Albtraum war, aus dem sie bald erwachen würde. In dem Bewusstsein, dass sie heute Nacht wohl keinen Schlaf mehr finden würde. Viel zu aufgedreht war sie. So hatte sie sich zuletzt als Jugendliche gefühlt, als sie mit ihrer besten Freundin viel zu viele Energydrinks getrunken hatte.

Das Einzige, was sie wusste, war, dass sie es irgendwie schaffen musste, hier schnellstmöglich wieder rauszukommen. Doch wie? Das hier war ein gottverdammtes Gefängnis. Tammy blieb die ganze Nacht mit angezogenen Knien auf der Pritsche sitzen und starrte ins Leere. Es war die längste Nacht ihres Lebens.

Allmählich ging die Sonne auf, Licht fiel durch das vergitterte Fenster auf sie. Draußen hörte sie Vögel singen und den neuen Tag begrüßen, als ihre Zellentür plötzlich aufgeschlossen wurde. Ein Wärter stand in der Tür, musterte sie.

»Frau Degner, bitte stehen Sie auf und kommen Sie mit. Sie werden verlegt.«

***

Koblenz
Alex

»Lassen Sie mich Ihnen eine Geschichte erzählen. Wir schreiben das Jahr 1787. Elf Schiffe brechen in Portsmouth in England auf. Das Ziel: Botany Bay in Australien. An Bord befinden sich insgesamt 756 Strafgefangene und 550 Besatzungsmitglieder aus den verschiedensten Nationen. Der jüngste Straftäter ist gerade einmal dreizehn Jahre alt, der älteste bereits siebzig. Die Flotte wird später First Fleet genannt. Es ist der Beginn der Sträflingskolonie Australien. Bis 1857 die Deportation von Straffälligen nach Australien rechtlich beendet wurde, sind insgesamt ca. 162.000 Straftäter auf über 800 Schiffen nach Australien umgesiedelt worden.« Schubert machte eine Pause und schenkte sich Kaffee aus einer weißen Kanne nach. Er bot auch Alex etwas an, doch der schüttelte nur den Kopf.

»Warum erzähle ich Ihnen das, werden Sie sich vielleicht fragen.« Schubert lachte. »Weil die Geschichte sich wiederholt. Das tut sie immer. ›*Aus der Geschichte der Völker können wir lernen, dass die Völker nichts aus der Geschichte gelernt haben*‹, sagte der deutsche Philosoph Hegel einst. Er hatte verdammt recht damit.«

Alex hatte bis auf die Begrüßung noch nichts gesagt. Er hörte geduldig einem Menschen zu, der augenscheinlich ganz in seinem Element war, wenn er von diesem Thema sprach.

»Sie sind ein kluger Kerl, Alex.« Schubert nannte ihn das erste Mal beim Vornamen. »Sie haben einen ganz fantastischen Studienabschluss gemacht. Sind der Beste des ganzen Jahrgangs, nicht wahr? Sie haben auch in den Tests, die Sie im Anschluss an unser erstes Gespräch ausgefüllt haben, in den wichtigsten Kategorien besonders gut abgeschnitten und ich kann Ihnen gratulieren. Sie wurden auserwählt.«

»Wie ich Ihnen bereits am Telefon sagte, freut mich das sehr. Wann würde ich denn dann anfangen und für welchen Bezirk wäre ich zuständig?«

»Ich glaube, Sie verstehen noch nicht ganz. Wir möchten Sie nicht hier in Koblenz einsetzen, sondern Ihnen eine wirklich besondere Aufgabe anbieten. Sie haben sicherlich in der Zeitung davon gelesen. Es gibt in der

Ostsee eine Insel, auf die in den kommenden Wochen ein paar hundert Straftäter umsiedeln werden. Freiwillige Probanden, die dort in einer freien Wohnform zusammenleben sollen, wie wir es ja aus dem Jugendstrafrecht und aus anderen Ländern der Welt bereits kennen. Wie ich Ihnen einleitend schon dargestellt habe, weiß ich nicht, was ich davon halten soll. Ich bin da eher skeptisch, aber lasse mich gern eines Besseren belehren. Jedenfalls braucht die Regierung einen tüchtigen Sozialarbeiter, um dieses Experiment zu betreuen. Sie sind jung, nicht gebunden, intelligent. Bereit sich einem solchen Projekt vollständig hinzugeben. Kurzum: Sie sind der perfekte Kandidat. Machen Sie sich Ihr eigenes Bild. Also sind Sie bereit für eine kleine Reise?«

Alex schluckte schwer. Dann nickte er.

Teil 2

Precht – »Das Böse im Menschen«, 03.11.2013

Schirach: »Aber was man sagen muss. Ich weiß, dass es Gehirnforscher gibt … Es gibt also Roth oder Singer oder irgendwelche Leute, die sich damit beschäftigen, die zu dem Ergebnis kommen, dass es eigentlich gar keine Schuldfähigkeit mehr gibt. Meine Antwort darauf wäre immer: ›Es mag sein, dass das so ist, aber wir werden das nicht akzeptieren.‹ Wir müssen von einem freien Willen ausgehen, sonst können wir diese Gesellschaft zumachen. Wenn wir den freien Willen verneinen, ist das das Ende unserer Gesellschaft. Dann gibt es vielleicht eine andere, aber nicht mehr unsere.«

***

Ostsee
Alex

Er stand an Deck des Schiffs und beobachtete den Wellengang. Die See war ruhig heute, die Sonne kam sogar kurz heraus und er hörte die hellen Schreie der Möwen. Es war also eigentlich ein idyllischer Tag. Als wäre er der kleine Alex, der auf einem Schulausflug war und sich darauf freute, mit seinen Freunden am Strand Sandburgen zu bauen und mit dem Fahrrad die Insel zu umkreisen. Doch er war erwachsen und auf einer Reise, bei der er nicht wusste, was ihn erwarten würde und mit ihm auf dem Schiff waren nicht seine Schulfreunde, sondern Straftäter. Sie waren bis zur Ankunft auf der Insel noch mit Handschellen gefesselt.

»Hey du, hast du mal eine Kippe für mich?«

Alex sah sich um. Es war eine junge Frau mit Rastalocken, die ihn angesprochen hatte. »Ich würde gern eine rauchen. Das muss ja wohl noch erlaubt sein.«

»Tut mir leid, aber ich bin Nichtraucher.«

Tammy schüttelte den Kopf. »Raucht denn niemand mehr heutzutage?«

Alex dachte darüber nach, ob er sie ignorieren und weiter auf die See hinausschauen sollte. Dann entschied er sich dagegen und setzte sich in angemessenem Abstand neben die junge Frau. Er war schließlich als Sozialarbeiter hier und er konnte wohl nicht früh genug damit anfangen, eine gute und tragfähige Beziehung zu seinen zukünftigen Klienten aufzubauen, auch wenn ihm bereits dämmerte, dass das schwierig werden könnte.

»Ich frage gleich mal einen der Kollegen, okay? Mein Name ist übrigens Alexander Twadoch und ich werde als Sozialarbeiter das Projekt betreuen.«

»Tammy«, sagte sie nur, emotionslos, kurz angebunden.

»Freut mich, Tammy. Ich würde Ihnen ja gern zur Begrüßung die Hand geben, aber das holen wir dann einfach nach, wenn man Sie von diesen Dingern befreit hat.« Er deutete auf die Handschellen.

Sie wurde plötzlich laut. »Was willst du eigentlich? Glaubst du, ich habe Lust auf Smalltalk mit einem Seelenklempner? Ich bin hier, weil ich meinen Ex-Freund fast ins Jenseits befördert habe. Wenn du nicht dasselbe Schicksal teilen willst, lässt du mich besser in Ruhe.

Scheiße, ich brauche echt dringend eine Zigarette.« Ihre Hände zitterten leicht.

»Ich kümmere mich darum.« Alex stand auf. *Das fängt ja gut an hier*, dachte er sich. Wenn alle so verrückt waren, wie diese junge Frau, konnte er sich auf eine abenteuerliche Zeit gefasst machen.

***

Ostsee
Gunnar

Als die Sonne aufging, hatte Gunnar einen langen Strandspaziergang mit seinem Hund gemacht. Jetzt saß er schon eine ganze Weile auf einem Stein bei einer der Dünen und dachte nach. Paddy hatte sich neben ihn gelegt und döste eine Runde. Wenigstens er war scheinbar gelassen und bekam von dem Trubel um ihn herum nichts mit. Es war Montag, Gunnars Kneipe würde heute geschlossen bleiben. Daran hatte sich nichts geändert, auch wenn er seine Kunden nun an einer Hand abzählen konnte. Er beobachtete das Schiff, das zuerst ein kleiner Punkt in der Ferne war, dann immer näherkam, bis es schließlich am Steg anlegte. Nun war es also so weit. Gunnar erfasste die Szenerie durch sein Fernglas. In Zweierreihen wurden die Gefangenen von einigen Wärtern auf die Insel geführt. Sie trugen Handschellen. Eine andere Gruppe, wahrscheinlich Mitarbeiter, sammelten sich und wurden von einer jungen Frau begrüßt, die einen weißen Kittel trug. Sie hatte schon seit einer halben Stunde auf das Schiff gewartet. Es waren

Wellblechhäuser gebaut worden. Gunnar hatte sie gezählt, es waren dreißig kleine Bauten. Dazu ein großes Gebäude in der Mitte. Vermutlich brachte man sie nun in dieses Dorf. Es war auf der anderen Seite der Insel gebaut worden, die von Wäldern umgeben war. Dort hatte es vorher keine Häuser gegeben. Wahrscheinlich wollten sie ungestört sein, nichts mit ihnen zu tun haben. Sie wussten, dass Gunnar und seine Freunde noch hier waren und versuchten nach wie vor, sie mit einer Flut von offiziellen Briefen erfolglos zu ermutigen, die Insel zu verlassen. Ausgestellt waren sie von Behörden, von denen er noch nie zuvor etwas gehört hatte. Diese Mistkerle wussten, dass sie wohl früher oder später einknicken mussten. Schließlich gab es keinen Supermarkt mehr, der Lebensmittel verkaufte und keinen Arzt, zu dem sie gehen konnten, wenn sie krank wurden. Auch keinen Pfarrer, der ihnen die Beichte abnahm. Es gab nur noch sie selbst. Sie waren nun völlig auf sich allein gestellt und mussten eine Lösung finden, wie sie hier autark leben konnten, wenn die Vorräte nicht mehr reichten. Unterstützung konnten sie keine erwarten. Gunnar und seine Freunde waren alte Menschen, alle bis auf Ole bereits Rentner und glücklicherweise nicht mehr darauf angewiesen, einer Arbeit nachzugehen, so wie die vielen jungen Leute, die sie mit großen Versprechungen von der Insel gelockt hatten.

Zum Glück gab es noch Matthias, seinen einzigen Freund außerhalb der Insel. Von dem, was er angespart hatte, hatte er sich vor einiger Zeit ein schickes Motorboot gekauft, mit dem sie ab und an auf die Ostsee hinausfuhren und die Seele baumeln ließen. Manchmal angelten sie auch ein paar Fische, die sie nachher zusammen zubereiteten und aßen. Es waren schöne Momente. Matthias hatte angeboten, ein oder zwei Mal die Woche mit seinem Motorboot vom Festland zur Insel zu fahren, um die nötigsten Lebensmittel für Gunnar und seine Freunde einzukaufen. Natürlich nur, wenn die Wetterbedingungen es zuließen, was vor allem dann möglich wäre, wenn der Winter endlich vorüberzog. Sie hatten vereinbart, dass er dann früh morgens, wenn es noch dunkel war, vorbeikam, sodass die Neuankömmlinge es nicht mitbekommen würden. Auch sonst könnten Gunnar oder seine Freunde sich bei Matthias melden, wenn sie etwas brauchten oder aufs Festland mussten. Sie hatten das Angebot dankend angenommen. Gunnar schätzte seine Großzügigkeit sehr und auch Matthias schien sich gut zu fühlen, mit der Bedeutung, die ihm in dieser Situation unerwartet zuteil kam.

Die Gefangenen waren nun alle aus dem Bildausschnitt verschwunden.

Was ist das nur für eine Welt geworden?, dachte Gunnar. Er seufzte. Dann weckte er Paddy und machte sich gemeinsam mit ihm auf den Heimweg.

***

Berlin
Winfried

Es war wieder ein langer Tag gewesen. Am Morgen hatte er wie üblich mit dem Regierungssprecher und seinen engsten Vertrauten über die Termine und Ereignisse des Tages gesprochen. Dann hatte er in seinem Büro im

Kanzleramt über eine Stunde mit dem russischen Präsidenten telefoniert. Sie waren wieder nicht zu einer Einigung gekommen, bevor sie das Gespräch beendeten. Er mochte diesen geldgierigen Despoten nicht.

Um 11:30 Uhr musste er pünktlich im Bundestag sein. Die Regierungsbefragung stand an, bei der Winfried eine Stunde im Kreuzverhör durch die Opposition stand. Es waren anstrengende sechzig Minuten. Besonders die Rücktrittsaufforderungen zweier Fraktionen machten ihm zu schaffen. Sein Koalitionspartner stand hinter ihm, doch er wusste nicht, wie lange noch und was hinter seinem Rücken gesprochen wurde. In der Politik war es nicht anders als in irgendwelchen Trash-Sendungen im Fernsehen.

Nach zwei Stunden normaler Regierungsarbeit in seinem Büro folgte eine Videokonferenz, die er leiten musste, im Anschluss direkt die nächste.

Es wurde bereits dunkel draußen und er hatte noch einen weiteren Telefontermin. Als Bundeskanzler stand das Leben nie still. Zumindest hatte er heute keine Verpflichtungen außerhalb von Berlin. Das viele Fliegen wurde zunehmend anstrengender für ihn.

Um kurz vor sieben verließ Winfried das Kanzleramt. Bevor er nach Hause zu seiner Frau fuhr, machte er wie jeden Abend einen Umweg. Er stellte den Wagen auf dem kleinen Parkplatz an der Kapelle ab, öffnete das Holztor und betrat den kleinen Friedhof. Seine zwei Personenschützer, die ihn auf Schritt und Tritt begleiteten, blieben wie gewohnt vor dem Holztor stehen. Darum hatte er sie schon bei seinem ersten Besuch gebeten und sie hatten es widerstandslos akzeptiert. Winfried ging über den

Friedhof. Den Ort, von dem es oft hieß, es sei der reichste Ort der Welt. Nirgendwo sonst würden so viele Hoffnungen und Träume, so viele Geschichten und Erinnerungen begraben liegen, wie hier.

Abends war er zumeist der einzige Besucher und wenn doch jemand anderes einen Verstorbenen besuchte, ließ man sich gegenseitig in Ruhe trauern. Er wurde hier noch nie erkannt, zumindest nicht angesprochen. Das Grab war am Rand des Friedhofs. Ein schlichter Grabstein, frische Blumen, zwei rote Grablichter und Spielzeug, schmückten es. Ein Feuerwehrauto, eine Windmühle, ein Teddybär. Dinge, die nie benutzt wurden und es auch niemals mehr würden. Winfried lief eine Träne übers Gesicht. Er stand ein paar Minuten still da, dann verabschiedete er sich für heute. Seine Frau würde sich sonst Gedanken machen, wo er blieb. Er hatte ihr nicht erzählt, dass er täglich herkam. »Bis Morgen«, sagte er und warf einen letzten Blick auf den Grabstein, auf dem stand:

Unsere kleinen Engel sind in den Himmel zurückgekehrt
Mia und Ben
* 13.02.2025 - 28.02.2025 †

***

Ostsee
Konstantin

Der junge Mann wartete schon vor seinem Büro, als er das Haupthaus betrat.

»Guten Morgen. Mein Name ist Prof. Dr. Konstantin Euler. Sie müssen Alexander Twardoch sein«, begrüßte er ihn und gab ihm die Hand. »Folgen Sie mir bitte in mein Büro.«

Er hatte es sich hier gemütlich gemacht. So kalt das Haupthaus von außen auch aussah, in Eulers Büro angekommen, konnte man für einen Moment fast vergessen, dass man auf einer abgelegenen Insel in der Ostsee war. Der Raum war groß. Er bot genug Platz für einen dunklen Schreibtisch aus Holz und ein beeindruckendes Bücherregal voller Fachliteratur. Dazu gab es eine Sitzecke mit zwei großen Ledercouchen. »Nehmen Sie doch Platz. Hatten Sie eine angenehme Reise?«

»Ja, das hatte ich. Vielen Dank.«

»Das ist schön zu hören. Dann lassen Sie mich Ihnen nun eine kurze Einführung geben. Dies hier ist das Haupthaus. Hier ist mein Büro, nebenan das von Fräulein Kostic, die Sie und Ihre Kollegen gestern vom Schiff abgeholt hat. Sie leitet mit mir zusammen dieses Projekt. Eins weiter dann das Büro unserer Psychologin Fräulein Schwarzbeck. Wir haben hier auch einen fantastischen Arzt. Dr. Sarin. Sie haben bestimmt mal von ihm gehört. Er ist eine wahre Koryphäe und hat eine Menge Bücher geschrieben. Die medizinische Praxis ist generell sehr gut ausgestattet. Es gibt hier im Haupthaus einen Friseur, bei dem Patienten ebenso wie die Mitarbeiter Termine vereinbaren können. Dazu können Sie sich in die Liste eintragen, die an der Tür hängt. Wir haben einen großen Gemeinschaftsraum, mit Tischkicker, Dartscheibe, Billardtisch und Fernseher. Hier können unsere Bewohner Zeit verbringen, zusammen Gesellschaftsspiele spielen oder Filme ansehen. Wenn es wärmer wird, können unsere Patienten auch draußen Sport treiben, zum Beispiel Volleyball, Basketball oder Fußball spielen. Wir haben hier vielfältige Möglichkeiten. Weiterhin beschäftigen wir einen Koch und eine Küchenhilfe, die täglich wechselnde Speisen anbieten. Sie können die kleine Kantine nutzen, aber auch für sich selbst kochen. Wie Sie wünschen. Unsere Lebensmittel und alles, was wir sonst brauchen, wird einmal die Woche geliefert. Das Schiff kommt immer mittwochs. Es wäre gut, wenn alle Mitarbeiter gemeinsam mit den Bewohnern anpacken, um die Lebensmittel herzuschaffen. So geht es schneller. Weiterhin haben wir hier noch ein Dutzend Wärter und Krankenpfleger, die sich im Schichtdienst um unsere Bewohner kümmern und, nicht zu vergessen, Sie als unseren Sozialarbeiter. Eine Sache ist noch wichtig: Handys sind hier grundsätzlich nicht gestattet, was auch für die Mitarbeiter gilt. Wir wollen nicht riskieren, dass eins davon den Bewohnern in die Hände fällt und sie irgendeinen Quatsch damit machen. Das verstehen Sie sicher. Ich würde Sie also bitten, Ihres gleich abzugeben. Keine Sorge, wir schließen es sicher weg. Wenn Sie telefonieren möchten, geben Sie mir einfach Bescheid. Wir haben ein Telefon für Mitarbeiter hier im Haus, das ich dann mit einem Zahlencode freischalten muss.« Euler lächelte und unterbrach seinen Monolog. »Ich denke, das wäre erst mal das Wichtigste. Ich weiß, dass die ersten Tage in einem Job immer schwierig sind, weil man so viel neuen Input bekommt. Wenn ich etwas vergessen habe, fällt es mir bestimmt zeitnah noch ein. Haben Sie denn bis hierher Fragen?«

»Ich glaube nicht, Herr Professor. Mich würde aber sehr interessieren, wie meine Aufgaben hier aussehen werden.«

»Dazu kommen wir noch, aber zuerst möchte ich Ihnen etwas zeigen. Ziehen Sie bitte Ihre Jacke an, es ist kalt draußen. Dann machen wir einen kleinen Spaziergang über die Insel.«

***

Berlin
Winfried

Winfried legte seinen Personalausweis und die Besuchserlaubnis vor. Dann wurde er gründlich nach Waffen, Drogen oder sonstigen verbotenen Gegenständen durchsucht. Schließlich brachte man ihn in den Besucherraum, wo die junge Frau bereits auf ihn wartete. Sie wirkte unsicher, so als wüsste sie nicht, wie sie ihn begrüßen sollte. Körperkontakt war den beiden hier ohnehin nicht gestattet. Winfried setzte sich ihr gegenüber.

»Wie geht es dir?«, fragte er.

Die junge Frau sah um die Augen mindestens genauso schlecht aus wie er. Auch bei ihr hatten die letzten Wochen und Monate scheinbar Spuren hinterlassen.

»Es tut mir leid«, sagte sie lediglich, ohne auf seine Frage zu antworten.

Winfried nickte nur.

Es war ein schleichender Prozess gewesen. Sie hatte sich nie Kinder gewünscht, das hatte sie immer offen gesagt, aber als der Schwangerschaftstest sich doch positiv verfärbte, schien sie sich damit abzufinden, dass ihr Leben nun anders verlief, als sie es sich ausgemalt hatte. So war das halt, meistens kam es im Leben anders als gedacht. Auch wenn es sicher bessere Zeitpunkte gegeben hätte, zu denen sie eine feste Arbeitsstelle und eine Beziehung hatte, aber nun war es eben so. Sie war sogar mit einer Freundin durch zahllose Geschäfte gezogen und hatte Babykleidung, eine Wiege und Farbe gekauft, um die Wände neu zu streichen. Blau und rosa, da sie das Geschlecht des Kindes noch nicht kannte und auf alles vorbereitet sein wollte. Das dachte sie zumindest.

Erst als ihre Frauenärztin ihr mitteilte, dass sie Zwillinge in sich trug und sowohl blau als auch rosa die richtige Wahl gewesen war, begann ihre Veränderung. Sie zog sich mehr und mehr zurück, meldete sich manchmal für Wochen nicht bei Familie und Freunden, sprach nicht mehr über ihre Gedanken und Gefühle. Sie machte das alles mit sich selbst aus. Als die Wehen einsetzten und sie ins Krankenhaus kam, die Zwillinge auf der Welt waren und sie die beiden erschöpft auf dem Arm hielt, wurde ihr klar, dass es nun zu spät war, an ihrem Schicksal noch etwas zu verändern. Die kleinen Lebewesen auf ihrem Arm waren ihr eigenartig fremd und sie betete dafür, dass es ein Albtraum war, aus dem sie bald erwachen würde. Postnatale Depressionen nannten es die Ärzte und sagten, dass es bald vorübergehen würde. Man solle regelmäßig nach ihr schauen und wenn es nicht besser würde, eine psychologische Beratung in Anspruch nehmen. Vielen Müttern ginge es in den ersten Tagen nach der Entbindung so, das lege sich oft aber schnell wieder.

Wieder zu Hause angekommen, war ihr ständig jemand zur Hand gegangen. Ihre beste Freundin, ihre Eltern, die Nachbarin. Sie hatte viele Menschen, die ihr helfen und Gutes tun wollten. Doch die Hoffnung, dass ihr Stimmungsloch schnell vorüberging, war eine Illusion. Es war ihr alles so fremd. An einem Sonntag klopfte ihre Nachbarin mit Frühstücksbrötchen bei ihr. Sie öffnete die Tür, die Hände und das Shirt blutverschmiert. Die Nachbarin lief in die Wohnung, sah das Blut an der Badtür. Sie schrie und übergab sich, als sie die kleinen Geschöpfe in der Badewanne sah. Mia und Ben. Die beiden kleinen Engel. Sie rief die Polizei.

»Ich habe dir was zum Lesen mitgebracht.«

»Danke, Papa.«

***

Ostsee
Alex

Sie waren schon fast eine Stunde auf der Insel unterwegs. Der Professor hatte ihm die verschiedenen Bereiche des Haupthauses und die Wohncontainer der Häftlinge gezeigt, den Leuchtturm und die Häuser der ehemaligen Bewohner der Insel. Fast alle waren sie verlassen und standen leer. Ein paar Menschen würden dort jedoch noch leben, erzählte Euler, eine Handvoll, aber er solle sich nicht daran stören. Sie würden auch irgendwann gehen, sie hätten ja nichts mehr hier und solange ignoriere man sie einfach. Schließlich stünden die Häuser ohnehin auf der anderen Seite der Insel und man werde sich nicht Tag für Tag über den Weg laufen.

Sie waren durch die Dünen spaziert und hatten sich viel unterhalten. Euler fragte ihn nach seiner Herkunft, nach seinem Studium, wie er zur Bewährungshilfe gekommen war und wie er so über das Strafrecht und die Gesellschaft dachte. Über sich selbst erzählte Euler jedoch nichts. Alex fragte sich, ob der Professor sich für jeden seiner Mitarbeiter so viel Zeit nahm. Er war ihm sympathisch.

Nun gingen sie schon seit einigen Minuten durch einen dichten Wald Richtung Osten, Schritt für Schritt weg von dem bewohnten Teil der Insel. Alles sah gleich aus und allein hätte Alex von hier wohl nicht zurückgefunden. Er merkte, wie aufgeschmissen man ohne ein Handy war, das einen im Notfall navigieren konnte.

»Wir sind da«, sagte Euler, als sie plötzlich vor einer Art Bunker aus Stein standen. Er war halb zugewachsen mit Moos und Gras. Der Eingang in Form einer Holztür war verschlossen.

»Was ist das hier für ein Ort?«, fragte Alex.

»Der Erste und Zweite Weltkrieg machte auch vor den deutschen Inseln keinen Halt. Hier gibt es noch ein paar alte Bunkeranlagen. Es wurde selbstverständlich nach Kriegsende von den Alliierten alles entmilitarisiert, aber dieser Bunker beispielsweise ist noch recht gut erhalten. Wir haben ihn von innen etwas aufgemotzt. Kommen Sie, lassen Sie uns hineingehen.«

Das Innere des Bunkers war größer, als Alex es von außen vermutet hätte. Sie gingen einen Gang entlang. Die

Wände waren weiß gestrichen, von der Decke hingen in regelmäßigen Abständen Halogenlampen. Eine von ihnen flackerte ab und an. Zu beiden Seiten gingen gelb-schwarze Stahltüren ab, an die mit roter Farbe Nummern notiert waren: 176, 177, 183, 223, 303, 306. Die Nummern schienen willkürlich und Alex konnte deren Anordnung nicht entziffern. Euler ignorierte die Türen und ging zielstrebig und mit schnellen Schritten auf die grüne Tür am Ende des Ganges zu. Er holte einen Schlüsselbund hervor, fand schnell den richtigen Schlüssel und öffnete die Tür. Alex sah in dem Raum zwei Wärter, die auf Bürostühlen vor einer riesigen Wand von Monitoren saßen. Der eine sah sie an, der andere sprach gerade in ein Telefon.

»Das hier ist unser Kontrollzentrum. Überall auf dem Gelände gibt es Kameras. Unsere Bewohner dürfen sich zwar frei bewegen, aber wir wollen selbstverständlich nicht, dass ihnen etwas passiert. Wir haben hier rund um die Uhr zwei Mitarbeiter, die ein Auge auf alles haben. Sie können sie jederzeit erreichen. Ich sage Ihnen nachher die Nummer, damit Sie sich diese notieren können. Erinnern Sie mich bitte daran. Manchmal bin ich etwas vergesslich.«

Euler nickte den beiden zu und schloss die Tür wieder. Dann öffnete er rechts davon eine andere. »Hier ist der Generator, der den Bunker mit Strom versorgt. Ganz schön altes Teil. Hat eine Weile gedauert, bis wir den ganzen Staub beseitigt haben. Nichts für Allergiker. Sind Sie technikaffin? Na ja, egal, Sie lassen trotzdem besser die Finger davon. Wir beschäftigen Sie ja als Sozialarbeiter.« Euler schloss die Tür wieder. »Die einzelnen Räume wollen wir auch noch renovieren.« Er deutete auf die gelb-schwarzen Türen. »Wir könnten daraus weitere Büros machen, Lebensmittel lagern oder einen Krisenraum einrichten, für den Fall, dass ein Häftling durchdreht und eine Pause nötig hat. Was man halt so braucht.«

»Was befindet sich denn dort unten, die Treppe runter?«, fragte Alex. Erst jetzt hatte er die Stufen bemerkt, die zu einem zweiten Stockwerk hinabführten.

»Im Keller befindet sich nur noch Raum 211. Dort bewahren wir unsere Putzmittel auf.«

***

Ostsee
Sanja

Sanja fühlte sich wie eine Königin, die über ihre Ländereien stolzierte und ihre Leibeigenen bei der Arbeit beobachtete. Es war ein gutes, ein erhabenes Gefühl. Sie stand vor den beiden kleinen Gewächshäusern und sah einigen Bewohnern bei der Arbeit zu. Sie pflanzten Gemüse, Salat und Kräuter an und kümmerten sich darum, bis es irgendwann bereit zur Ernte war. Dann konnte es in der Küche Verwendung finden. Ein anderer Häftling hatte sich seine Schutzkleidung für Imker angezogen und näherte sich vorsichtig dem Bienenstock. Er sah lächerlich aus in diesem Outfit. Sanja zog weiter. Beobachtete wie schwitzende Männer, die meisten von ihnen mit Muskeln bepackt und von Tattoos übersät, Holz zerteilten und Einkäufe vom Schiff in die Küche im Haupthaus brachten. Schwere Kisten und Getränkeflaschen. Einige von ihnen grüßten und nickten ihr freundlich zu. Andere ignorierten sie einfach. Es war ihr egal. Auch in der Wäscherei, der Küche und einer kleinen Werkstatt konnten die Bewohner ihrer Arbeitstherapie nachgehen. In der Werkstatt wurden kleine handwerkliche Produkte geschaffen, die an Unternehmen, Privatpersonen und Behörden weiterverkauft werden sollten. So hatte alles auch einen wirtschaftlichen Nutzen. Sanja war sehr stolz auf das, was sie in so kurzer Zeit geschaffen hatten. Vor wenigen Monaten war hier noch unbewohnte Natur gewesen. Wald und Wiesen. Sonst nichts. Jetzt war ein kleines Dorf entstanden, mit allem, was sie für das alltägliche Leben brauchten. Im Grunde war es wie in dem Bienenstock. Jeder hatte seine Aufgabe und brachte sich ein. Jeder war ein wertvolles Glied in der Kette. Und sie war die Königin, um die sich alles drehte. Sie hatten perfekte Bedingungen geschaffen, sodass alle sich nützlich fühlten. Das schuf Vertrauen und würde ihnen schon bald nützlich sein.

Sie hatte mit Euler gemeinsam entschieden, dass sie die ersten Wochen erst einmal abwarten und selbst nicht allzu aktiv werden würden. Die Straftäter sollten zunächst in Ruhe ankommen, sich wohlfühlen in ihrem neuen Lebensumfeld. Sie sollten in Sicherheit gewogen und für die weiteren Tests vorbereitet werden. Wenn jemand von sich aus eine Straftat begehen würde, wäre das prima, aber erst einmal hieß es jetzt abzuwarten. Sanja konnte es jedoch kaum erwarten, dass es endlich losgehen und etwas mehr Spannung in die Sache kommen würde. Sie sah auf ihre Armbanduhr. Euler müsste allmählich von seinem

Streifzug über die Insel zurück sein. So machte auch sie sich auf den Rückweg zum Hauptgebäude.

Der Professor wartete schon in seinem Büro auf sie. Die beiden hatten entschieden, jeden Morgen zur selben Zeit eine Besprechung unter vier Augen abzuhalten, um das Geschehene zu reflektieren und einen Ausblick auf den begonnenen Tag zu geben. Feste Routinen und beständiger Austausch waren wichtige Kriterien für den Erfolg.

»Und, wie war dein Spaziergang mit dem Sozialarbeiter?«, eröffnete sie das Gespräch.

»Gut. Wirklich gut. Ich habe schon viel über ihn erfahren können, in der kurzen Zeit. Ich glaube, da wurde tatsächlich ausgezeichnete Arbeit geleistet und uns wahrlich der perfekte Kandidat geliefert.«

Keine andere Antwort hatte Sanja erwartet. Sie hatten vor einigen Monaten heftig deswegen gestritten. Sanja war der Meinung gewesen, dass es besser wäre, alle Stellen in dem Projekt mit Kollegen aus ihrem Pharmaunternehmen zu besetzen, um keine unnötigen Gefahren einzugehen, doch Konstantin war stur geblieben. Er wollte zumindest einen Mitarbeiter, der von nichts wusste und war bereit, das damit verbundene Risiko einzugehen. Es könnte ein großer Preis sein, den sie dafür zahlen würden.

»Er ist jung, ungebunden und frei. Naiv und über alle Maße pflichtbewusst. Wenn sich das Projekt entwickelt und er uns irgendwann blind vertraut, finden wir bestimmt einen Weg, wie wir ihn noch einbauen können. Dass Häftlinge eine weitere Straftat begehen, ist das eine. Aber wenn wir jemanden dazu bringen können, kriminell zu werden, der einen perfekten Lebenslauf und nie auch nur einer Fliege etwas zu Leide getan hat, das wäre doch der wirklich große Wurf.«

Sanja ging nicht darauf ein. Sie wusste, es machte keinen Sinn. Auch wenn sie überzeugt war, dass das Projekt an vielen Stellen auf unsicheren Säulen stand, am Ende war Euler derjenige, der die Entscheidungen traf. Und sie konnte ihn nicht vor Dummheiten schützen. Doch das führte zur nächsten Sache. Sanja hatte sich vorgenommen, heute ein Thema anzusprechen, das ihr schon eine Weile unter den Nägeln brannte.

»Hör mal, Konstantin, da ist noch etwas«, begann sie zaghaft. »Diese Leute bereiten mir Sorgen. Ich weiß, dass schon eine Menge versucht wurde, um sie loszuwerden, aber sie weigern sich nach wie vor partout, die Insel zu verlassen. Ich finde es gefährlich, wenn sie hier rumstreunen.«

Euler sah sie überrascht an.

»Sanja, du weißt, ich nehme dich immer ernst. Das weißt du doch, oder? Aber findest du nicht, dass du ein wenig übertreibst?« Er ließ die Frage einen Moment im Raum stehen. »Klar, es ist suboptimal, dass noch immer nicht alle Einheimischen gegangen sind, aber eine Gefahr kann ich nun wirklich nicht erkennen. Das sind vier alte Männer und eine ebenso alte und zudem noch schwer kranke Frau. Die sind doch froh, wenn sie morgens noch irgendwie aus dem Bett kommen und dann ihre Ruhe haben. Wir versuchen weiterhin alles, sie loszuwerden, das verspreche ich dir. Aber manches braucht einfach Zeit. Ich meine, was haben sie hier noch? Nichts mehr. Die werden schon bald gehen und solange bleiben die drüben und wir hier. Wir sollten uns davon jetzt nicht aus der

Ruhe bringen lassen. Und du darfst nicht immer überall Gespenster sehen. Es funktioniert nun mal nicht immer alles reibungslos.«

»Dein Wort in Gottes Ohr. Ich hoffe sehr, dass du Recht hast, Konstantin«, sagte Sanja, doch glauben konnte sie es nicht.

»Das habe ich ganz bestimmt. Was steht heute sonst noch so auf der Tagesordnung?«

***

Berlin
Anton

»Schön, dass du es einrichten konntest, Anton.« Winfried Haug schüttelte seinem Minister die Hand und bat ihn, Platz zu nehmen.

Es war das erste Mal, dass er Anton in seinem Haus in Empfang nahm. Er hatte ihm seine Frau vorgestellt, die freundlich wirkte und gleich darauf in der Küche verschwunden war, um den beiden eine Kleinigkeit zu kochen. Jetzt waren die beiden Männer im großen Wohnraum. Winfried legte noch ein paar Holzscheite in den Kamin und setzte sich. Einen Moment schwiegen die beiden Männer, dann ergriff Winfried das Wort: »Ich habe heute Hannah besucht. Ich glaube, es geht ihr gar nicht gut.«

Anton sah ihn an. Auch der Kanzler sah nicht gut aus. Er hatte tiefe Augenringe, das Haar an den Seiten der Halbglatze war sichtlich grauer geworden im letzten Jahr. Insgesamt machte er einen kraftlosen Eindruck auf ihn.

»Das kann ich mir vorstellen. Es ist eine schwierige Zeit. Für sie, für dich, für deine Frau.«

»Ich habe Zweifel, Anton«, sagte Winfried plötzlich. »Ob das, was wir tun, wirklich der richtige Weg ist. Ich habe Verantwortung für ein ganzes Land und kann doch nicht einfach mein Schicksal über alles andere stellen.«

Anton dachte nach. Er versuchte, die richtigen Worte zu finden. »Was soll passieren, Winfried? Den Menschen auf dieser Insel geht es hervorragend. Viel besser als im Knast. Es ist wie Urlaub. Sie müssen ein paar harmlose Befragungen und Tests mitmachen und den Rest des Tages können sie die Freiheiten genießen, die sie vorher nicht hatten. In anderen Ländern funktionieren diese liberalen Konzepte doch auch. Habe doch ein bisschen Vertrauen in die Fachleute. Die wissen schon, was sie tun.«

Winfried sagte nichts, er überlegte.

»Und wenn du dir unsicher bist, erinnere dich daran, warum du das tust. Für wen du das tust.«

Sein Minister hatte recht. Winfried machte all das für Hannah. Den Menschen, den er auf dieser Welt am meisten liebte.

Anton sprach seine Gedanken aus: »Für Hannah. Wenn wir in ein paar Monaten endlich den Beweis haben, dass es keinen freien Willen gibt, kann deine Tochter nicht verurteilt werden. Es wird bewiesen sein, dass sie nichts für ihre Tat konnte, so wie niemand sich sein Handeln aussucht. Und dann können wir uns darauf konzentrieren, dass diese ganzen Zeitungsartikel aufhören und du deine Wiederwahl gewinnst.«

***

Ostsee
Manfred

»Aaah«, stöhnte Manfred und wischte sich mit dem Handrücken den Mund ab. Er hatte die Colaflasche in einem Zug leer getrunken. Es war mal wieder ein anstrengender Arbeitstag gewesen. Holz hacken war schweißtreibender als es aussah. Er wollte sich gar nicht ausmalen, wie es erst im Sommer werden würde, bei Temperaturen wie in der Sahara. Der Klimawandel war in den letzten Jahren schließlich sichtbarer als je zuvor gewesen. Vielleicht konnte er bis dahin etwas an Gewicht verlieren, dann würde ihm die Arbeit leichter fallen. Ja, er würde ein völlig neuer Mensch werden auf dieser Insel, ganz gewiss. Manfred fühlte sich großartig. So wie schon sehr lange nicht mehr.

Zurück in seiner Unterkunft, duschte Manfred ausgiebig und zog sich frische Kleidung an. Dann machte er sich schon wieder auf den Weg Richtung Haupthaus. Für den Abend war eine Filmaufführung im Gemeinschaftsraum geplant, an der er teilnehmen wollte, auch wenn er den Film schon sehr oft gesehen hatte. *Die Verurteilten* mit Tim Robbins und Morgen Freeman aus dem Jahr 1994. Ein großartiger Film. Viele sagten, es wäre der beste aller Zeiten. Man konnte ihn nicht oft genug ansehen. Manfred hatte lachen müssen, als er hörte, dass ausgerechnet dieser Film ausgewählt worden war. Nicht gerade ein Film, den man Häftlingen in den ersten Tagen auf einer Insel zeigte, wenn man sie nicht noch zur Flucht motivieren wollte. Es waren um die zwanzig Bewohnerinnen und Bewohner gekommen. Sie aßen Popcorn und Chips, tranken Erfrischungsgetränke und sahen schweigend den Film an, während draußen vor den Fenstern der Tag zu Ende ging. Apropos: Seine Lieblingsszene war die auf dem Dach, wo sie im Sonnenuntergang dank Andy, der einem der Wärter in einer finanziellen Angelegenheit seine Hilfe angeboten hatte, Bier tranken und rauchten. Ein Gefühl völliger Freiheit. Ein seltener Moment der Normalität in der Gefangenschaft. Ein bisschen so fühlte auch Manfred sich in diesem Moment.

Er mochte das Leben hier auf der Insel und war gespannt, was ihn noch erwarten würde. Bald würde er sicher ganz freikommen. Er konnte es kaum erwarten, sich dann auf die Suche nach seiner nächsten großen Liebe zu machen.

***

Ostsee
Tammy

Die ersten Nächte hatte Tammy kaum geschlafen. Sie brauchte absolute Dunkelheit und Ruhe, um schlafen zu können. Jetzt fiel wieder das Licht der Außenbeleuchtung durch einen dünnen Vorhang ins Zimmer und der Wind peitschte gegen die Fenster. Dieses Geräusch hätte sie vielleicht mit viel Willenskraft noch als entspannend wahrnehmen können, nicht jedoch das heftige Schnarchen, mit dem ihre Zimmernachbarin sie den Großteil der Nächte wachgehalten hatte. Am liebsten hätte sie ihr den Hals umgedreht. Was hatte sie sich hier nur eingebrockt? Ihr Plan war gehörig schiefgegangen.

Ganz toll, Tammy. Der Sohn des Justizministers, ernsthaft? Statt im Jenseits sitzt du jetzt auf einer verfluchten Insel mitten im Nirgendwo. Ihr war klar, dass irgendetwas hier nicht mit rechten Dingen zugegangen war. Sie hatte ihrem Ex-Freund den Schwanz abgetrennt, ihn schreiend zurückgelassen und in Kauf genommen, dass er in diesem Hotelzimmer verblutet. Er würde wohl den Rest seines Lebens entstellt sein. Und als Dank schickte man sie aus der Untersuchungshaft hierher? Auf eine idyllische Insel in der Ostsee, wo man wesentlich mehr Freiheiten hatte als in einem normalen Gefängnis? Das passte nicht zusammen. Sie war nicht dumm, nicht naiv und konnte sich denken, dass sein Vater dahintersteckte. Der konnte sie jetzt sicherlich noch weniger ausstehen, als bei ihrem ersten Treffen.

Tammy musste irgendwie an eine Waffe kommen, um ihren Plan zu vollenden. Sie musste unauffällig die Wachen beobachten, um zu wissen, wann der perfekte Zeitpunkt gekommen war. Die Situation erforderte Geduld, die sie eigentlich nicht hatte. Jetzt war sie jedoch erst einmal froh, dass wieder ein Tag rum war und sie vielleicht etwas Schlaf nachholen konnte. Manche Tage hörten einfach auf. Sie machte die Augen zu und schlief heute fast augenblicklich ein.

Tammy ruhte bereits einige Stunden, als durch die Lüftungsschächte das Narkosegas eingeleitet wurde. Einige Minuten später kamen zwei Männer mit Gasmasken und trugen sie ins Haupthaus.

***

Ostsee
Sanja

Es war schon seit einigen Stunden dunkel und ohne ihre Taschenlampe wäre sie hier im Wald aufgeschmissen. Sanja war im Kontrollzentrum gewesen, als sie über ihr Funkgerät gerufen wurde. Sie hatte ihre Arbeit unterbrochen und über die Monitore zugeschaut, wie die junge Frau ins Haupthaus gebracht wurde. Dann hatte sie sich auf den Weg gemacht.

Sanja war gespannt, ob alles funktionieren würde. Es war wichtig, um die nächsten Schritte gehen zu können. Wenige Minuten später erreichte sie das Gelände. Anders als am Tage war es nun leer und still, nur der Wind peitschte gegen die Wellblechcontainer, in denen die Bewohner schliefen. Sanja betrat das Haupthaus, wo Euler bereits auf sie wartete. Natürlich wollte er dabei sein. Es war schließlich ein entscheidender Moment. Die beiden grüßten sich kurz und gingen gemeinsam zur Arztpraxis. Die junge Frau lag auf der Untersuchungsliege. Sie war bereits an Geräte angeschlossen, die ihre Vitalfunktionen maßen. So weit Sanja dies überblicken konnte, waren sie unauffällig. Der Puls schlug ruhig und gleichmäßig. Dr. Sarin hatte alles vorbereitet.

»Sie ist nicht bei Bewusstsein, das Narkotikum hat gut gewirkt. Wir können also beginnen.« Sarin öffnete die Wanduhr, die 1:36 Uhr anzeigte und in der sich ein kleiner silberner Tresor versteckte. Er nahm einen kleinen

Gegenstand heraus. Er sah aus wie eine SIM-Karte fürs Handy.

»Das ist er.« Sarin hielt ihn ins Licht, sodass Sanja und der Professor ihn besser sehen konnten. »Wir werden ihr diesen Mikrochip ins Gehirn einpflanzen. Bis auf ein paar Kopfschmerzen nach dem Aufwachen und eine kaum sichtbare Narbe am Hinterkopf, wird sie davon nichts mitbekommen. Bei den bisherigen Testobjekten, sowohl bei Tieren als auch bei Menschen, hat das reibungslos funktioniert und wir haben unser Vorgehen nach und nach perfektionieren können.«

»Prima. Und damit können wir dann am Computer die Hirnaktivitäten auslesen?«, fragte Sanja.

»Genau, die Übertragung findet via Bluetooth statt. Wenn einer unserer Probanden also eine Straftat begeht, können wir uns am Computer anschauen, was genau dabei in den Neuronen in seinem Gehirn vor sich geht. In diesem Chip sind über 1.000 Elektroden enthalten, die sich im Gehirn auffächern. Jede davon fünf Mikrometer dick, also etwa zwanzigmal dünner als das menschliche Haar. Dieses kleine Ding ist wirklich beeindruckend.«

Sanja war zufrieden. So könnten sie ganz im Geiste von Benjamin Libet messen, ob die Entscheidung zu einer Straftat im Gehirn schon getroffen wäre, bevor die Probanden sich bewusst dazu entscheiden würden. Wenn das so wäre, könnte man wohl endlich beweisen, dass es keinen freien Willen der Menschen gab. Wenn Gene und Prozesse im Gehirn es uns unmöglich machten, uns gegen eine Straftat zu entscheiden, brauchte man eben Medikamente, um diese Impulse zu unterdrücken. So einfach war das. Und hier kam das Pharmaunternehmen ins Spiel. Ein Milliardengeschäft.

»Sagen Sie mir dann bitte Bescheid, wenn Sie alle Bewohner auf diese Art vorbereitet haben. Dann können wir die nächste Phase einleiten.«

***

Ostsee
Alex

Die ersten Wochen auf der Insel waren vergangen und er war gerade mitten in einem seiner Klientengespräche, als er den lauten Tumult von draußen hörte. Alex bat seinen Gesprächspartner, kurz zu warten und eilte nach draußen, um zu sehen, was dort los war. Seine Arbeit machte ihm allmählich Spaß.

Am Vormittag hatte ihm der Professor den Schlüssel zu seinem eigenen Büro gegeben, in dem nach der Ankunft noch letzte Renovierungsarbeiten abgeschlossen werden mussten. Das erste eigene Büro. Das Namensschild an der Tür machte ihn sehr stolz. Es roch nach frischer Farbe und er liebte diesen Geruch. Das Büro war zwar kleiner als das des Professors, aber völlig ausreichend, um die Gespräche mit seinen neuen Klienten zu führen.

Neben den Einzelgesprächen, in denen es um die verschiedensten sozialen Anliegen wie Anschlussbetreuung durch geeignete Einrichtungen oder Schuldnerberatung gehen sollte, würde Alex bald auch ein paar eigene Gruppen leiten dürfen. Der Professor hatte ihn gebeten, sich hierüber Gedanken zu machen und zunächst ein Konzept für ein soziales Kompetenztraining, sowie ein Anti-Aggressionstraining in kleiner Runde zu entwickeln. Es gefiel Alex, dass er sich bei seinem neuen Arbeitgeber so frei entfalten und eigene Ideen mit einbringen konnte. Das war keine Selbstverständlichkeit. Es würde ein guter Berufseinstieg werden.

Am Eingang des Haupthauses angekommen, sah Alex, woher die lauten Geräusche kamen. Ursächlich waren zwei Männer. Der eine presste den anderen mit dem Unterarm gegen die Hauswand und drückte ihm die Luft ab, der andere versuchte vergeblich, sich zu befreien.

»Du miese Ratte. Wag es dich nicht, mir oder meinen Jungs noch mal zu nah zu kommen, sonst reiße ich dir deinen fetten Arsch auf!«

»Lass mich los!«

»Was geht hier vor sich?«, rief Alex dazwischen. »Lassen Sie ihn sofort los!«

Doch der muskulös gebaute Mann warf nur einen flüchtigen Blick zu Alex und machte keine Anstalten, von seinem Opfer abzulassen. Er drückte noch fester zu. Erst als zwei Wärter angelaufen kamen, schien er sich zu besinnen und trat einen Schritt zurück. Sein Opfer rutschte an der Hauswand zu Boden und keuchte schwer nach Luft. Der Angreifer hob die Hände wie ein Fußballer, der dem Schiedsrichter signalisieren möchte, dass er doch gar nichts getan hatte.

»Alles ganz entspannt, Leute. Nur eine kleine Meinungsverschiedenheit unter Männern.«

Die beiden Wachen packten den Angreifer kommentarlos und führten ihn ab.

»Wir sehen uns noch«, zischte er dem Mann am Boden leise zu, während man ihn wegführte.

Alex hockte sich zu dem immer noch schwer atmenden Mann.

»Alles okay bei Ihnen? Brauchen Sie einen Arzt?«

»Nein, alles in Ordnung.«

Alex sah den beiden Wärtern nach. Sie entfernten sich vom Dorf. Es sah ganz danach aus, als würden sie den Mann zum Bunker bringen.

***

Ostsee
Sanja

Sanja überlegte. Sie saß gerade in der Kantine und aß zu Mittag. Die ersten Tage hatte es ihr noch geschmeckt und sie hatte sich gefreut, neben all der Arbeit nicht selbst kochen zu müssen. Mittlerweile hatte sie jedoch das Gefühl, es war immer derselbe Fraß, nur in abgewandelter Form. Man sollte den Koch feuern. So war das halt mit Kantinenessen. Sie fühlte sich an ihr Studium zurückerinnert, während dem sie sich nichts anderes leisten konnte.

»In welchen Raum sollen wir ihn bringen?«, fragte der Wachmann sie über das Funkgerät.

»Was genau ist denn passiert? Ich sitze beim Mittagessen und bin da nicht im Bilde.«

»Er hat einen anderen Häftling angegriffen und bedroht. Danach hat er sich jedoch widerstandslos von uns abführen lassen.«

»Dann bringen Sie ihn in die 303. Ich esse noch eben auf, dann komme ich ins Kontrollzentrum. Danke.« Sie aß noch eine Gabel, dann schob sie den Teller beiseite, stand auf und verließ das Haupthaus. Da war er also, der erste Konflikt unter Gefangenen. Er hatte länger auf sich warten lassen, als vermutet. Schließlich waren schon ein paar Wochen ins Land gezogen und – anders als es bei anderen liberalen Konzepten der Fall war – gerade die Häftlinge für das Forschungsprojekt ausgesucht worden, deren Prognosen, noch einmal Straftaten zu begehen, besonders düster aussahen.

Wenn sie Glück hatten und ihn lange genug in dem Raum schmoren lassen würden, würde der Häftling vielleicht ein bisschen randalieren und die Einrichtung kaputtschlagen. Eine Sachbeschädigung. Das wäre doch ein guter Anfang. Vielleicht griff er sogar die Wärter an, verletzte jemanden schwer, das wäre noch besser. So oder so würde sie genau notieren, welche Straftaten er beging. Danach würde sie seinen Mikrochip auslesen und analysieren. In der Hauptzentrale in Frankfurt warteten sie schließlich schon sehnsüchtig auf die ersten Ergebnisse.

Sie hatte erst gestern mit der Laborleiterin telefoniert. Die Entwicklung der Medikamente machte fantastische Fortschritte. Die Zukunft würde rosig aussehen.

***

Ostsee
Manfred

Er versuchte erfolglos, seinen Hinterkopf im Spiegel zu betrachten. Die kleine Narbe hatte er nie bemerkt, aber sie schien die Ursache für seine Kopfschmerzen zu sein. Manfred wusste, dass Narben manchmal juckten oder wehtaten, wenn das Wetter umschlug. ›Wetterfühlig‹ nannte man das. Er verwarf den Gedanken – er war ja schließlich keine Memme –, verließ das Bad und nahm sich seinen Mantel vom Kleiderständer. Manfred hatte seinem Freund eine Karte geschrieben und wollte sie im Haupthaus abgeben, damit man sie ihm zuschickte. Man durfte nichts verschicken, was nicht vorher überprüft wurde. Zumindest das war nicht anders als im Gefängnis. Sein Anwalt sollte wissen, dass er es hier gut hatte. Er sorgte sich schnell um ihn. Die ersten Wochen hier auf der Insel waren wie im Flug vergangen und er hatte sich lange nicht mehr so wohl gefühlt. Er ging auf der Insel spazieren, wenn ihm danach war, kochte für sich selbst, wenn er hungrig war und das Holz hacken an der frischen Luft als Arbeitstherapie machte ihm auch mehr Spaß als die Arbeit in der Schreinerei, der er in der JVA nachgegangen war. Es gab keine Zäune, keine Gitter. Mit viel Fantasie war das hier wie Urlaub.

Wie gern wäre er mit Jonas hier gewesen. Sie hätten einen romantischen Strandspaziergang in der Abenddämmerung machen können. Zusammen Muscheln sammeln können. Leben können.

»Herr Steinke.« Manfred drehte sich um. Hinter ihm stand die junge Frau, deren Namen er vergessen hatte.

Glücklicherweise klärte sie ihn direkt auf. »Mein Name ist Sanja Kostic. Gehen Sie zum Haupthaus? Darf ich Sie ein paar Meter begleiten?« Ohne eine Antwort abzuwarten, schloss sie sich ihm an. »Wie ich sehe, verschicken Sie eine Postkarte. Wie gefällt es Ihnen denn bisher auf der Insel?«

»Ich kann mich nicht beklagen. Danke.«

»Wie wunderbar. Das freut uns sehr. Uns liegt sehr an Ihrer Zufriedenheit. Ich habe gehört, Sie haben heute Ihren freien Tag und ich möchte Sie zu einem Gespräch einladen. Es soll hier ja auch um Ihre Zukunft gehen. Darum, wie Ihr Leben in Freiheit aussehen könnte. Wir würden Sie einfach gern ein bisschen näher kennenlernen. Wie klingt das für Sie?«

Wieder wertete sie sein Schweigen als Zustimmung. »Also prima. Ich hole Sie um 15:00 Uhr an Ihrer Unterkunft ab.«

***

Ostsee
Gunnar

Die Übelkeit wurde an der frischen Luft nach und nach besser. Er hatte gestern wieder einen Pokerabend für seine Kumpels veranstaltet und eindeutig ein paar Bier zu viel getrunken. Man wurde halt nicht jünger. Gunnar sehnte sich heute nach Ruhe und wollte niemandem begegnen. Weder seinen Freunden noch diesem Pack von Mördern, Vergewaltigern und was sonst noch alles darunter war. Deshalb ging er in den Wald. Selbst Paddy hatte er für diesen Spaziergang zu Hause gelassen. Er wollte einfach mal abschalten und nicht ständig nach ihm Ausschau halten müssen. Hier, umgeben von hohen Bäumen, konnte man fast vergessen, dass man auf einer Insel war. Die Familie war früher immer sonntags im Wald spazieren gegangen, als sie noch in der Stadt gelebt hatten. Es erinnerte ihn an gute Zeiten. Als Kind war alles noch so groß für ihn gewesen, alle Probleme so weit weg. Er hatte sich keine Gedanken über den Ernst des Lebens gemacht. Es war so unbeschwert. Manchmal wünschte er sich in diese Zeit zurück.

Gunnar zuckte zusammen als ganz in seiner Nähe ein Ast knackte. Er ging in die Hocke und machte sich klein. Bei der Bundeswehr hatte er gelernt, wie man unauffällig blieb. Wer war da? Seine Augen waren zwar nicht mehr die Besten, aber er meinte eine Frau und einen Mann zu erkennen, die unweit von ihm Richtung Osten gingen. Er konnte sich täuschen, aber er war sich fast sicher, dass es die Frau vom Strand war. Die im Kittel auf das Schiff gewartet hatte. Was machte sie hier, so weit weg vom Dorf? Hier gab es nichts außer Bäumen, Laub, Blättern und … dem alten Bunker. Aber das konnte doch nicht sein. Gunnar folgte den beiden in sicherem Abstand. Er musste herausfinden, was sie dort zu suchen hatten.

***

Ostsee
Manfred

Pünktlich auf die Minute stand Sanja vor dem Container, in dem er zusammen mit drei weiteren Männern lebte. Sie waren okay, doch er redete nicht viel mit ihnen.

Sanja trug einen Schal um den Hals und dünne Lederhandschuhe. Sie gingen zu ihrem Büro im Haupthaus, wo sie ihm fast eine Stunde lang Fragen zu seiner Zukunft, zu seinen Träumen und Zielen stellte. Dabei machte sie sich eifrig Notizen und nickte ihm mehrmals aufmunternd zu, damit er weitersprach. Diese Insel könne eine Chance für ihn sein, sagte sie. Wenn er sich hier gut anstellen und beweisen würde, dass man sich auf ihn verlassen könne, wäre ein großer Schritt Richtung Freiheit getan. Er müsse sich jedoch voll und ganz auf das Konzept einlassen und Vertrauen in die Methoden der Fachleute haben. Auch wenn diese manchmal etwas seltsam und widersprüchlich erscheinen oder im ersten Moment Widerstände wecken würden. Es wäre sehr schade, wenn diese Chance ungenutzt bliebe und er zurückverlegt werden müsse. Sie fände ihn sehr sympathisch und würde viel Potenzial in ihm erkennen.

Sanja schob ihre Zettel mit den Gesprächsnotizen zusammen und heftete sie in einen Aktenordner, auf dem sein Name stand. Sie sortierte ihn in den Schrank, in dem zahlreiche identische Ordner standen.

Die meisten Namen waren ihm fremd, er erkannte jedoch die seiner drei Mitbewohner. Zu gern hätte er einen Blick in ihre Akten geworfen. Bisher hatte ihm niemand erzählt, warum er hier war. Sie waren alle sehr schweigsam.

»Wie fühlen Sie sich gerade, Herr Steinke?«

»Gut, danke.«

»Sind Sie noch konzentriert?«

»Ja, alles okay. Sie können mir gern weitere Fragen stellen.«

Sanja lächelte ihn freundlich an. Es wirkte ein wenig gekünstelt.

»Oh nein, mit Fragen sind wir fürs Erste durch. Ich würde vorschlagen, wir machen eine erste praktische Prüfung und schauen, wie Sie sich anstellen. Wie klingt das für Sie?«

***

Manfred hatte keine Ahnung, was ihn erwarten würde. Seit sie das Haupthaus verlassen hatten, hatte Sanja kein Wort mehr mit ihm gesprochen. Sie hatte ihn einfach aufgefordert, ihr zu folgen und hielt es scheinbar nicht für nötig, zu erklären, warum sie seit einigen Minuten immer tiefer in einen dichten Wald hineingingen. *Hoffentlich ist das nicht so eine, die Bäume umarmt, um irgendwelche Energien auszutauschen*, dachte er sich. Es gab ja solche Leute und nach ihrer Ansprache vorhin, mit den seltsamen Methoden, hätte er sich darüber nicht gewundert. Kurz darauf erreichten die beiden den Bunker.

»Hier drin wartet Ihre praktische Aufgabe«, sagte sie und schloss die massive Holztür auf. Manfred folgte ihr in den Bunker. Sie gingen den Gang entlang. Plötzlich blieb Sanja vor einer der Türen stehen. Mit roter Schrift hatte jemand die Zahl 176 an die Tür geschrieben.

»Wir sind da. Hinter dieser Tür wartet eine kleine Überraschung auf Sie. Seien Sie gespannt.« Sanja schloss die Tür auf, trat zur Seite und gab den Blick frei auf das Innere des Raums. Er war eingerichtet wie ein Kinderzimmer. Ein Schreibtisch, ein Kleiderschrank, ein Bücherregal, Spielsachen und ein Bett, auf dem ein wunderschöner Junge lag.

***

Ostsee
Samir

Samir schaute auf, als die Tür geöffnet wurde. Dort standen eine junge Frau und ein älterer Mann. Die Frau schob den Mann sanft in den Raum und sagte: »Lernen Sie sich ganz in Ruhe kennen. Ich komme Sie in einigen Stunden abholen. Bis dahin verbringen Sie einfach eine schöne Zeit und machen Sie, worauf Sie Lust haben.« Dann fiel die Tür ins Schloss und es war wieder still.

Nun war er allein mit diesem Mann, der in der Tür stehen blieb und ihn aus großen Augen ansah. Es schien eine Ewigkeit zu vergehen, in der die beiden einander stumm anstarrten, bevor der Fremde das Wort ergriff: »Hey, ich bin Manfred und du? Wer bist du?«

Samir antwortete nicht. Er fühlte sich wieder stark benommen. Er war müde, kraftlos und ihm war so unendlich schwindelig. Sie kamen jeden Tag und gaben ihm eine Spritze. Die Wirkung setzte immer schon sehr schnell ein.

Samir hatte jegliches Gefühl für Raum und Zeit verloren, seit dem Tag, an dem er seine Mutter und seine Brüder das letzte Mal gesehen hatte.

»Ein schönes Zimmer hast du hier. Ich bin auch großer Fußball-Fan. Magst du den HSV?« Manfred betrachtete die Fußball-Poster, die über die Wände verteilt hingen. »Hast du eine Lieblingsmannschaft?«

Samir reagierte nicht. Er musste sich stark konzentrieren, um die Worte des Mannes überhaupt zu verstehen. Sie klangen verwaschen in seinen Ohren. Ohnehin nahm er von seiner Umwelt nicht mehr viel wahr. Meistens schwelgte er in Bildern, Gedanken und Erinnerungen. An seine Heimat, seine Familie, seinen Vater. Sein Verstand entkoppelte sich so von der Realität, seit er das erste Mal durch die Hölle gegangen war.

»Du bist wohl nicht so gesprächig. Na ja, ist ja auch eine komische Situation. Wir kennen uns schließlich noch gar nicht richtig und ich weiß auch nicht so recht, warum ich hier bin. Lebst du schon immer auf dieser Insel?«

Der Mann kam näher. Vorsichtig näherte er sich dem Bett, ein Wort, ein Schritt, und setzte sich schließlich zu ihm.

»Weißt du, ich kannte mal einen Jungen, an den du mich sehr erinnerst.«

***

Ostsee
Sanja

»Schalten Sie den großen Monitor auf Kamera drei«, forderte Sanja den Mitarbeiter auf. Sie stand im Kontrollzentrum und wollte nichts verpassen. Nachdem der Wärter ihrem Befehl gefolgt war, forderte sie ihn auf, sie allein zu lassen.

Sanja griff nach dem Telefon, rief Euler an und sagte ihm, dass es losgehen würde und er vorbeikommen solle. Sie war aufgeregt. Es entwickelte sich alles prächtig. Erst gestern hatte es einen Glücksfall gegeben. Es war ein Diebstahl gemeldet worden. Ein Häftling hatte das Portemonnaie einer Mitarbeiterin gestohlen. Die vielen versteckten Kameras hatten alles aufgezeichnet und den Täter schnell überführt. Ein junger Mann, der wegen Diebstahl und Raub vorbestraft war. Er hatte zuletzt eine Tankstelle überfallen und den Angestellten dabei mit einem Klappmesser bedroht, um sich Drogen kaufen zu können.

Natürlich wusste er nicht, dass das Portemonnaie als Köder sehr offensichtlich aus der Tasche geschaut hatte, und er naiv in die aufgestellte Falle getappt war. Es gab 487 Kameras, die nahezu jeden Winkel des Geländes überwachten. Davon waren gerade mal ein Dutzend sichtbar angebracht. Es waren modernste Geräte, teilweise kleiner als ein Knopf und gut versteckt, nur zu erkennen, wenn man wusste, wonach man suchte. Wenn überhaupt. Sanja hatte sich über den Diebstahl gefreut. Sie war direkt ins Kontrollzentrum gelaufen, euphorisch, hatte sich die Aufnahmen angeschaut und die Daten des

Mikrochips am Computer ausgelesen. Die Ergebnisse hatten sie sehr zufrieden gestimmt. Sie würden hier all ihre zuvor aufgestellten Thesen beweisen, da war sie sicher.

Der Patient in Raum 303 hatte auch schon seinen Beitrag geleistet. Sie hatten nur ein paar Stunden warten müssen, schließlich hatte er angefangen, seine Aggressionen an der Einrichtung auszulassen. Sie hatte auch seinen Chip sofort ausgewertet und die Daten an die Zentrale in Frankfurt geschickt. Als nichts mehr von ihm kam, hatte man ihn wieder aus dem Raum gelassen. Ein Diebstahl und eine Sachbeschädigung, das war ein Anfang, keine Frage. Heute war der Moment gekommen, an dem sie das erste Mal einen Schritt weitergehen und selbst aktiv werden würden. Wenn denn alles glatt lief. Sanja war so aufgeregt, wie lange nicht mehr. Ein kleiner Schritt für eine Frau, ein großer für die Menschheit.

Kurz darauf betrat Euler das Kontrollzentrum. Er war sichtlich außer Atem. »Ich habe mich beeilt, was habe ich verpasst?« Der Professor klang wie ein Kinobesucher, der die ersten Minuten des Films versäumt hatte, weil er noch Popcorn holen musste.

»Nicht viel. Er redet fast pausenlos auf den Jungen ein und hat sich gerade zu ihm gesetzt. Samir schweigt, wie gewohnt. Ich denke, Herr Steinke weiß noch nicht, was er von der ganzen Situation halten soll.«

»Wichtig ist es, dass wir uns an das halten, was wir besprochen haben. Kein Druck, kein Zwang. Er muss das Gefühl haben, dass die Entscheidung, was in diesem Raum passiert, ganz bei ihm selbst liegt. Sonst fliegen uns die Studien am Ende um die Ohren. Wie ein Angebot im

Supermarkt. Ein Anreiz, klar, aber ob wir es kaufen, entscheiden wir am Ende selbst.«

»Oder eben nicht.«

»Ja, oder eben nicht.«

Es entstand eine Pause.

»Glaubst du, er wird es tun?«

Der Professor überlegte kurz. »Ja, davon bin ich überzeugt. Sonst hätten wir ihn nicht für unsere Tests ausgewählt.«

***

Ostsee
Manfred

Sein Körper war durchflutet mit Glückshormonen, als er erschöpft und verschwitzt ins Kissen sank. Er hatte schon seit Jahren keinen so befriedigenden Orgasmus mehr gehabt und war sich sicher, dass es dem Jungen auch gefallen hatte. Er hatte zwar während des ganzen Akts nichts gesagt und nur leicht gestöhnt, aber er war gut und ausdauernd gewesen. Es gab eine tiefere Bindung zwischen den beiden, das hatte Manfred vom ersten Moment an gespürt. Er glaubte nicht daran, dass es im Leben Zufälle gab. Dafür hatte er viel zu viel erlebt, was er sich nicht erklären konnte. Dinge, die kein Drehbuchautor der Welt besser schreiben konnte. Kein Spielberg, kein Nolan oder Scorsese. Nein, es war Schicksal gewesen, dass sie sich kennengelernt hatten und irgendwann könnten sie bestimmt zusammen die Insel verlassen und sich etwas Neues aufbauen.

Der Junge hatte sich nicht wieder angezogen. Er lag noch immer nackt neben ihm, die Augen geschlossen, ganz so als würde er träumen und wäre in einer anderen Welt. Im Paradies. Manfred machte ebenfalls die Augen zu und genoss das wohlige Gefühl, das sich nach dem Sex einstellte. Er war gerade dabei einzudösen, als die Tür aufgeschlossen und kurz darauf geöffnet wurde.

»Die Zeit ist leider rum, Herr Steinke. Lassen Sie Samir ein wenig schlafen und kommen Sie bitte mit«, forderte Sanja ihn auf.

Samir. Das war ein schöner Name. Er hatte doch gleich erkannt, dass der Junge nicht in Deutschland geboren war und eher einen arabischen Touch hatte. Es störte ihn nicht. Manfred folgte ihr nach draußen, blieb dann jedoch verdutzt stehen, als sie im Gang in die falsche Richtung abbog.

Sanja bemerkte seine Verwunderung. »Wir gehen gleich zurück ins Lager, keine Sorge, aber ich muss Ihnen vorher noch etwas zeigen. Es wird Ihnen gefallen.« Die beiden gingen bis zum Ende des Gangs, stiegen dann die Wendeltreppe hinab. Scheinbar gab es hier in diesem Bunker noch einen Keller.

»Passen Sie auf, dass Sie nicht stolpern.«

Es war stockdunkel hier unten. Er blieb stehen und hörte, wie Sanja sich entfernte. Dann hatte sie scheinbar den Lichtschalter gefunden, denn es wurde plötzlich hell. Er stand vor einem Raum, der von außen aussah wie der, den er eben verlassen hatte. Nur das hier eine andere Zahl mit roter Schrift auf die Stahltür notiert war.

»Herr Steinke, ich begrüße Sie in Raum 211«, sagte Sanja und rammte ihm eine Spritze in den Arm.

***

Ostsee
Gunnar

Zwei Stunden waren vergangen und Gunnar hockte noch immer in seinem Versteck.

Ich mache mich hier echt zum Affen, dachte er und entschied sich gerade, heimzugehen, als die Tür des Bunkers aufging und die junge Ärztin diesen verließ. Sie war allein. Keine Spur von dem Mann, mit dem sie hergekommen war. Sie schloss die Tür des Bunkers ab, sah sich um und verschwand im Wald. Anscheinend ging sie den Weg zurück, den sie gekommen war.

Gunnar verharrte noch einen Moment reglos, um sicher zu sein, dass sie ihn nicht hörte. Was passierte in diesem Bunker? Es konnte doch nicht sein, dass Menschen darin verschwanden. Schließlich hatten sie Dutzende Häuser gebaut, mit einem großen Hauptgebäude in der Mitte. Sie mussten dort alles haben, was sie brauchten. Es gab keinen Grund, einen alten Bunker im Wald zu nutzen, der schon seit Jahrzehnten leer stand und in dem es nichts Spannendes zu sehen gab. Es sei denn, man wollte unbeobachtet bleiben.

Gunnar hatte schon immer eine ausgeprägte Intuition gehabt und er hatte das Gefühl, dass hier etwas ganz und gar nicht stimmte. Auf sein Bauchgefühl war nicht nur beim Pokerspiel verlass. Meistens zumindest. Am liebsten hätte er einen seiner Freunde angerufen, doch er besaß kein Handy. Gegen diese modernen Dinger hatte er sich schon immer gewehrt. Wenn er mit jemandem sprechen wollte, besuchte er ihn oder schrieb eben einen Brief, so wie man es früher getan hatte. In einer Zeit, in der noch alles besser war. Gunnar lief zurück zu seinem Haus. Er musste persönlich mit seinen Freunden sprechen. Vielleicht konnten die ihm erklären, was hier vor sich ging.

***

Eine Stunde später saßen sie um den großen Tisch in Gunnars Kneipe versammelt. Ole und Monika hatten geschlafen, als Gunnar aufgeregt bei ihnen Sturm geklingelt hatte. Monika hatte einen ihrer Migräneanfälle, wegen denen sie viel Zeit im Bett verbrachte. Ihr Mann legte sich dann zu ihr. Er wollte ihr beistehen. Gunnar bot ihr an, zu Hause zu bleiben und sich auszuruhen, doch sie wollte trotz ihrer Schmerzen unbedingt dabei sein. Fiete hatte gerade einen Film angesehen, Marek gekocht. Beide ließen alles stehen und liegen und folgten ihrem Freund, der so seltsam aufgebracht wirkte. So kannten sie ihn gar nicht. Gunnar erzählte ihnen in jedem Detail von seinen Beobachtungen und nun schwiegen sie einander an, so als wolle niemand der erste sein, der das Wort ergriff.

»Lass mich noch mal nachhaken. Der Mann ist freiwillig mit ihr zum Bunker gegangen?«, fragte Fiete.

»Ja, zumindest sah es so aus. Aber er ist nicht wieder mit rausgekommen. Das ist doch der springende Punkt. Irgendwas läuft da. Etwas, was keiner mitbekommen soll. Ich verstehe das nicht. Die haben doch riesige Gebäude im Eiltempo gebaut. Was wollen die dann obendrein in diesem alten Bunker?«

»Möglicherweise hat diese Ärztin ihm bei einem Spaziergang nur die alte Anlage zeigen wollen?«

»Die waren bestimmt zwei Stunden da drin. So viel gibt es da auch nicht zu sehen und es erklärt auch nicht, warum sie allein zurückgegangen ist.«

»Vielleicht sollten wir einfach die Polizei rufen und du erklärst denen den Sachverhalt. Bestimmt gibt es eine harmlose Erklärung dafür.«

»Nee, lass mal. Wenn da wirklich irgendwas Krummes läuft, stecken die doch bestimmt alle unter einer Decke. Wir müssen selbst rausfinden, was da gespielt wird. Wir brauchen einen Plan. Wir brauchen Beweise. Dann können wir immer noch die Behörden einschalten. Also, wer hat eine Idee?«

***

Berlin
Anton

Eine solche Gegend versuchte er eigentlich, wenn es nur irgendwie ging, zu meiden. Gerade jetzt, wo es allmählich dunkel wurde. Dieses Viertel war noch schäbiger, als er es sich vorgestellt hatte. Seinen Audi A5 hatte er im Parkhaus eines Supermarkts abgestellt, weil er nicht wollte, dass ihm jemand den Lack zerkratzte oder einen Spiegel abschlug. Das würde ihm gerade noch fehlen. Da war er lieber den letzten Kilometer gelaufen. Anton irrte nun schon eine halbe Ewigkeit durch die Plattenbauten, auf der Suche nach der Hausnummer 23. Alles sah für ihn gleich aus. Die dreckige Wandfarbe, die dicht an dicht gebauten Balkone, auf denen im Sommer wahrscheinlich

Wäscheleinen gespannt waren. Jetzt im Winter waren sie leer und verlassen.

Als er das Haus endlich gefunden hatte, ging die Suche nach dem richtigen Namen auf dem Klingelschild weiter und gestaltete sich nicht weniger kompliziert. Die meisten Namen waren handgeschrieben und kaum leserlich, einige Wohnungen standen scheinbar leer. Der Großteil der Namen klang nicht deutsch. Anton wollte schon aufgeben, als er doch noch das richtige Klingelschild fand. Al-Abadi.

Er klingelte zweimal kurz und wartete. Die Eingangstür stand offen und gab den Blick auf einen Flur frei, in dem eine Lampe, nur an einem Kabel hängend, von der Decke baumelte. Schäbig. Das war das Wort, das ihm als erstes dazu einfiel. Anton klingelte noch einmal.

»Ja«, ertönte eine tiefe Männerstimme.

»Herr Al-Abadi? Ich muss dringend mit Ihnen sprechen.«

Der Türöffner wurde bedient.

Die Familie wohnte im achten Stock. Anton würde wohl durchdrehen, wenn er die Einkäufe jedes Mal so viele Treppenstufen hinauftragen müsste. Oder Kisten und Elektrogeräte bei einem Einzug. Er stolperte fast über einen Kinderwagen, der im engen Treppenhaus stand. Der Mann stand bereits an der Tür, die nur einen Spalt geöffnet war. Die Sicherheitskette war noch angelegt. Es wunderte Anton nicht. In dieser Gegend war einem vermutlich nicht jeder Besucher gut gesinnt. Auch wenn wohl jeder wusste, dass eine solche Kette kaum in der Lage war, einen Angreifer aufzuhalten.

»Wer sind Sie?«

»Ich muss mit Ihnen reden. Bitte lassen Sie mich rein.«

»Sie kommen mir bekannt vor. Woher kennen wir uns?«

»Wir kennen uns nicht, Herr Al-Abadi.« Anton musste ihm ja nicht unbedingt aufbinden, dass er ihn wahrscheinlich schon unzählige Male im Fernsehen, in der Zeitung oder auf Wahlplakaten gesehen hatte. Es war naheliegend, dass die Bewohner dieser Gegend nicht unbedingt das beste Verhältnis zur Politik hatten, wo sie doch die Verlierer des Kapitalismus' waren. Unerwünschte Nebeneffekte. Es war wichtig, dass Anton Gehör fand.

»Das, was ich Ihnen zu erzählen habe, wird Sie sehr interessieren.«

»Und das wäre?«

»Es geht um Ihren Bruder. Ich kann Ihnen sagen, wo Samir ist.«

***

Ostsee
Alex

»Jetzt geben wir erst einmal ab nach Mainz, zu den Nachrichten. Im Anschluss melden wir uns dann direkt mit der zweiten Halbzeit zurück, die beim Spielstand von 1:1 noch viel Spannung verspricht.«

Alex nutzte die Pause, stand von seinem Bett auf und brachte das schmutzige Geschirr, an dem noch die Reste der Lasagne klebten, in die kleine Pantryküche, die nur über eine Herdplatte verfügte. Sein Appartement war nicht groß. Es bestand lediglich aus einem Raum mit Bett,

Schreibtisch und Kleiderschrank, der Küche und einem winzigen Bad mit Dusche, Spiegel und Waschbecken. Es erinnerte ihn sehr an sein Zimmer im Studentenwohnheim, das er neun Monate bewohnt und in dem er sich wie in einem Gefängnis gefühlt hatte. Die Schlafprobleme damals waren unerträglich gewesen. Glücklicherweise verbrachte er durch die Arbeit nur wenig Zeit hier in diesem Zimmer, meistens nur ein paar Stunden am Abend, und die Nacht, in der er ja ohnehin schlief. Er war ein Mensch, der sich schnell eingeengt fühlte und er wäre wohl wahnsinnig geworden, wenn er hier dauerhaft leben müsste. Die erste Zeit auf der Insel war anstrengend gewesen und er genoss es, sich nun mit einem Fußballspiel abzulenken, auch wenn es bei Weitem nicht so spannend war, wie der Moderator es darzustellen versuchte. Alex war klar geworden, dass arbeiten doch etwas ganz anderes als das Studium war und es brauchte wohl noch etwas, bis er sich so wirklich daran gewöhnte. Wahrscheinlich ging es vielen Menschen so. Bereits auf der Schifffahrt hatte er Heimweh gespürt. Es war bis jetzt nicht besser geworden.

Alex drehte die Heizung auf und sah aus dem Fenster. Draußen rieselten schwere Schneeflocken vom Himmel, der Boden war bestimmt bereits dreißig Zentimeter hoch mit Schnee bedeckt und es schien kein Ende zu nehmen. Schon immer fand er es gemütlich, wenn es draußen schneite, regnete oder gar ein Unwetter tobte und er drinnen im Warmen war, wo ihm nichts und niemand etwas anhaben und er sich in seine Decke kuscheln konnte. Wie immer am Abend, ließ er den Tag noch einmal Revue passieren. Für eine erkrankte Kollegin hatte er am Morgen in dem kleinen Lebensmittelladen ausgeholfen, wo die

Straftäter einkaufen konnten, um sich selbst zu versorgen. Es war eine tolle Sache, fast so als würden sie ein normales Leben führen und in den Supermarkt um die Ecke gehen. Sie bekamen im Rahmen dieses Projekts ein großes Stück Eigenverantwortung und Freiheit zurück. Das würde ihnen nach ihrer Haft einiges erleichtern. Zurückhelfen in die Gesellschaft. In seiner Pause war Alex dann zusammen mit Euler in die Kantine zum Mittagessen gegangen. Sie hatten gerade angefangen, ihre Spaghetti Bolognese mit Parmesan zu bestreuen und sich über belanglose Dinge unterhalten, als Alex sie wiedersah. Das Mädchen vom Schiff. Er beobachtete, wie sie aus der Küche kam, schmutziges Geschirr wegräumte und mit einem feuchten Lappen die Tische abwischte. Scheinbar arbeitete sie hier in der Kantine. Sie war so in ihre Aufgabe versunken gewesen, dass sie wohl keine Notiz von den beiden nahm. Alex hatte dem Professor nur noch halbherzig zugehört und sie aus dem Augenwinkel gemustert. Er wusste nicht, warum, aber irgendetwas an ihr faszinierte ihn. Optisch war sie nicht sein Typ, trotzdem fühlte er sich auf eine eigenartige Weise zu ihr hingezogen. Spürte eine Art Verbindung zwischen ihnen. Das klang so verrückt, er kannte sie doch kaum. Wäre er ihr im echten Leben begegnet, hätte Alex sie auf jeden Fall näher kennenlernen wollen, aber er hatte gelernt, wie wichtig es in seinem Job war, professionell in Bezug auf Nähe und Distanz zu bleiben. Vielleicht würde er morgen wieder in die Kantine gehen, zur selben Zeit, um sie wiederzusehen.

Alex blickte noch einen Moment aus dem Fenster, zog die Vorhänge zu und ging zurück zu seinem Bett. Die zweite Halbzeit würde gleich beginnen.

***

Ostsee
Tammy

»Das Wetterchaos hat Deutschland weiterhin fest im Griff. Mehrere Ostfriesische Inseln sind seit letzter Nacht vollständig vom Festland abgeschnitten. Durch Schnee, Eis und heftige Winde musste der Fährverkehr mittlerweile komplett eingestellt werden. Auch in den kommenden Tagen wird es dabei leider kaum Entspannung geben.«

Tammy schaltete das Radio aus. Sie saß am Fenster und rauchte, obwohl das in den Häusern streng verboten war. Sie drückte die Zigarette aus, schaute sich um, ob jemand in der Nähe war. Als sie sicher war, allein zu sein, zog sie ihren Notizblock hervor. Er lag zwischen Lattenrost und Matratze. In den letzten Tagen hatte sie sich genaue Notizen gemacht. Wo die Kameras waren – sie hatte sogar die entdeckt, die klein und gut versteckt waren –, wann die Wärter Kontrollgänge machten, welcher Scheinwerfer wann an- und ausging. Und das Wichtigste: wo sie potenziell eine Waffe herbekommen konnte. Schließlich hatte sie sich für den Küchendienst eingetragen und irgendetwas davon gefaselt, wie gern sie in der Küche stehe. Sie sei eine echte Hausfrau und liebe den Geruch von Gemüse und frischen Kräutern. Blablabla. Ein paar Tage würde sie sich noch bemühen, einen guten Eindruck zu hinterlassen, um sich Vertrauen zu erarbeiten. Dann würde sie die Chance nutzen, an ein großes Küchenmesser zu kommen, wenn sie aufräumten und die Kantine geschlossen wurde. Das fehlende Küchenutensil würde erst am nächsten Morgen auffallen und bis dahin hatte sie ihren Plan längst vollendet.

Es war ein schönes Gefühl, dass sie Stück für Stück die Kontrolle zurückgewann. Sich die Pulsadern aufzuschneiden war zwar bei Weitem nicht so angenehm wie ihr ursprünglicher Plan, aber was sollte sie machen? Man musste ja nehmen, was man kriegen konnte und an ein Messer kam sie hier deutlich einfacher als an einen Einweggrill. Im Leben galt es, flexibel zu bleiben und sich an neue Umstände anzupassen. Sie dachte an diesen Sozialarbeiter vom Schiff und wie er sie heute beim Mittagessen so eigenartig angeschaut hatte. Seine Blicke waren ihr nicht verborgen geblieben, auch wenn sie sich nichts hatte anmerken lassen. Was wollte er bloß von ihr? Nicht, dass er etwas von ihrem Plan ahnte und ihn durchkreuzte. Der Moderator im Radio hatte gesagt, man solle bei dem Wetter besser zu Hause bleiben und alle nicht notwendigen Gänge nach draußen vermeiden. Sie hatte noch nie das getan, was andere von ihr verlangten und entschied sich jetzt erst recht, für einen Abendspaziergang an die frische Luft zu gehen.

***

Ostsee
Konstantin

Der Hubschrauber landete in sicherer Entfernung zum Dorf. Die Sonne war längst untergegangen. Die Bewohner und meisten Mitarbeiter schliefen schon und bekamen nicht mit, wie Konstantin Euler den Gast in Empfang nahm und der Hubschrauber sich dann wieder in die Luft schraubte und davonflog. Das Winterchaos hielt nun schon seit einigen Tagen an und der Luftraum war gerade die einzige Möglichkeit, Lebensmittel oder Menschen auf die Insel zu bringen. Das war der Nachteil, wenn man hier lebte. Man war immer von der Versorgung von außen abhängig. Doch Konstantin war ein ungeduldiger Mensch. Er würde nicht darauf warten, bis der Winter vorbei war oder Sonne und Mond im perfekten Verhältnis zueinander standen. Es musste jetzt passieren. Er wollte der Welt endlich die Ergebnisse präsentieren, die ihn berühmt machen würden. Konstantin reichte dem Gast die Hand. Er hatte zwei Stabtaschenlampen bei sich und gab eine davon dem Neuankömmling.

»Guten Abend, mein Name ist Prof. Dr. Konstantin Euler. Ich leite das Projekt. Hatten Sie einen angenehmen Flug?«

»Bitte sagen Sie mir, was mit meinem Bruder ist? Lebt er noch? Ist er hier?«

»Ich kann Ihre Ungeduld verstehen. Sie warten seit mehr als zehn Jahren, nicht wahr? Aber Sie müssen sich leider noch etwas gedulden. Kommen Sie erst mal in Ruhe an, wärmen Sie sich ein bisschen auf, entspannen sich etwas. Morgen nach dem Frühstück bekommen Sie die Antworten, nach denen Sie schon so lange suchen.«

»Morgen?«, empörte sich sein Gegenüber.

»Es ist spät, Herr Al-Abadi. Ich kann Ihnen helfen, aber Sie müssen mir vertrauen. Folgen Sie mir bitte.«

Der Professor ging vor, sein Gast folgte ihm. Die Taschenlampen warfen zwei Lichtkegel in die Nacht.

»Ich bringe Sie zum Haupthaus. Wir haben dort ein gemütlich eingerichtetes Gästezimmer, in dem Sie die heutige Nacht verbringen werden. Ich werde Sie dann morgen Früh abholen. Einstweilen verlassen Sie bitte das Zimmer nicht und reden mit niemandem. Darauf müssen Sie mir Ihr Wort geben.«

»Und wieso?«

»Hier leben Straftäter, Herr Al-Abadi. Gefährliche Menschen, die sehr schlimme Dinge getan haben. Menschen missbraucht, gefoltert, getötet ... Sie sind mein Gast und ich möchte Sie nicht in Gefahr bringen. Das versteht sich doch von selbst. Was meinen Sie, steht morgen in den Zeitungen, wenn ich einen Unbefugten aufs Gelände lasse und ihm dann etwas passiert?« Er ließ die Frage im Raum stehen. »Also, verhalten Sie sich einfach unauffällig, wie ein Geist, dann sind wir alle beruhigt. Haben Sie jemandem von Ihrem Besuch bei uns erzählt?«

»Nein, das habe ich nicht. Der Mann, der mich besucht hat, hat das verboten. Er sagte, er käme von der Regierung. Ich musste etwas unterschreiben und danach sind wir sofort los, ehe ich wusste, wie mir geschieht. Ich wollte mir die Sache aber auch erst selbst anschauen. Wir haben so viele Jahre nach meinem Bruder gesucht, wissen Sie, und es gab nie auch nur eine klitzekleine Spur von ihm. Ich möchte niemandem in meiner Familie falsche Hoffnungen machen. Das würden sie nicht ertragen.«

»Das verstehe ich. Sie haben genau richtig gehandelt.«

Die beiden Männer erreichten das Haupthaus. Konstantin führte den Gast zu seinem Schlafplatz, verabschiedete sich, verließ das Haus und stand in der kalten Nacht. Er atmete tief ein und aus. Die klare Luft tat ihm gut. Konstantin brauchte dringend Schlaf, aber er musste zunächst noch einen Anruf tätigen. Dr. Sarin ging nach dem dritten Klingeln ran, wusste er doch, dass er Tag und Nacht für seinen Chef erreichbar sein musste.

»Unser Gast ist eben angekommen. Bereiten Sie bitte das Behandlungszimmer vor. In einer halben Stunde geht es dann los.«

***

Ostsee
Manfred

Verflucht, wo bin ich hier? Manfred war aus einer tiefen Bewusstlosigkeit erwacht und musste sich stark konzentrieren, um zu rekonstruieren, was geschehen war. Erst waren es einzelne Bilder, dann glaubte er, sich mehr und mehr an die letzten Stunden zu erinnern. Diese verfluchte Schlampe hatte ihn reingelegt, das war passiert. Er war mit ihr die Treppe runtergegangen, sie hatten vor einem Raum gestanden und dann war auch schon alles schwarz geworden.

Manfred versuchte, sich zu bewegen, aber sein Körper gehorchte ihm nicht wie gewohnt. Die Arme, die Beine, nichts reagierte auf seine Anstrengung, sich zu bewegen oder gar aufzustehen. Seine Extremitäten fühlten sich taub an.

Er sah an sich herab und bemerkte, dass seine Hände und Füße zudem mit schweren Metallketten an einem Rohr festgekettet waren, das aus der Wand kam. Selbst wenn das Gefühl in seine Gliedmaßen zurückkehrte, würde er sich also nicht ohne fremde Hilfe befreien können.

Verfluchter Mist. Was für ein Spiel wird hier gespielt? Wollen sie mir Angst machen? Mich einschüchtern? Oder soll das so etwas wie ein harmloser Streich sein?

»Machen Sie mich los! Lassen Sie mich raus! Das ist nicht lustig!«, versuchte er zu brüllen, doch er war nur ein Schatten seiner selbst. Seine Stimme war leise und klang zerbrechlich. Fremd und verwaschen, ganz so, als habe er eine Flasche hochprozentigen Alkohol getrunken. Doch Manfred trank nicht. Er hatte dem Alkohol schon vor mehr als zehn Jahren abgeschworen. Damals war seine Mutter gestorben. Manfred hatte es nicht verkraftet und war mit einer Alkoholvergiftung im Krankenhaus gelandet, wo sogar sein Magen ausgepumpt werden musste. Über drei Promille betrug seine Blutalkoholkonzentration. Damals hatte er einen Schutzengel gehabt. Jetzt sah es nicht danach aus. Die Ärztin musste ihm irgendein Medikament oder eine Droge verabreicht haben. Anders konnte er sich seinen Zustand nicht erklären.

»Hilfe«, schrie Manfred, doch seine Stimme war nicht kräftiger als zuvor. Er war in einem Bunker gefangen. Wer sollte ihn hier schon hören?

Er sah sich in dem Raum um. An den Wänden waren kalte Fliesen, der Boden war aus weißem Stein. Bis auf eine Toilette und ein Waschbecken in der Ecke, sowie die Heizung, an dessen Rohre er gefesselt war, war der Raum leer. An einer der Wände hing aber ein Flachbildfernseher, der ausgeschaltet war. Ein roter Punkt am unteren Bildschirmrand verriet jedoch, dass er an Strom angeschlossen war.

Der Raum erinnerte Manfred an einen Horrorfilm, den er spät in der Nacht einmal im Fernsehen gesehen hatte. Der Film war nicht gut ausgegangen. Manfred ahnte, dass es für ihn kein besseres Ende nehmen würde.

***

Ostsee
Alex

Sein nächster Gesprächstermin war erst in einer Stunde und so entschied Alex sich, einen Blick in die Gerichtsakten seiner nächsten Klientin zu werfen. Im Studium hatte er gelernt, dass manche Sozialarbeiter vor dem ersten Gespräch nicht in die Akten sahen, um einen unvoreingenommenen Eindruck des Menschen zu haben. Das war sicherlich ein nachvollziehbarer Gedanke. Alex jedoch gehörte eher zum anderen Typus und bevorzugte es, Vorwissen über seine Klienten zu haben. So wusste er, was wichtig war und worauf er achten musste und auch diese Sicht hatte ihre Berechtigung.

Tamara Degner, Spitzname »Tammy«, siebenundzwanzig Jahre alt, Schulabbrecherin. Sie lebte in München und arbeitete zuletzt in einem Schuhladen als Verkäuferin. Viel mehr wusste man über sie und ihre Vergangenheit nicht. Sie hatte ihren Ex-Freund aus Rache für seine Untreue in einen Hinterhalt gelockt und ihm mit handelsüblichem Werkzeug das Genital abgetrennt. Eine nette Formulierung für eine grausame Tat. Das Opfer überlebte zwar, trug aber schwerwiegende Verletzungen davon und war für einige Wochen stationär im Krankenhaus. Bei der

Tatbegehung sei sie sehr planvoll vorgegangen, habe sich im Vorfeld einen Mietwagen und falsche Ausweisdokumente besorgt, um im Anschluss an die Tat die Flucht zu ergreifen und sich womöglich ins Ausland abzusetzen. Sie habe zu den Tatvorwürfen sowohl bei der Polizei als auch der gerichtlichen Anhörung geschwiegen. Aus der Untersuchungshaft sei sie auf die Insel verlegt worden.

Alex blätterte weiter und überflog die zahlreichen Seiten. Irgendetwas störte ihn an dieser Sache, aber er konnte nicht sofort greifen, was es war.

Er legte die Akte beiseite, ging zum Schrank und nahm wahllos eine der anderen heraus. Ein älterer Mann, der seine Ehefrau getötet hatte. Er meldete sie als vermisst und gab an, sie sei vom Joggen nicht nach Hause gekommen. Bei den polizeilichen Vernehmungen verstrickte er sich dann in zahlreiche Widersprüche. Bei einer Hausdurchsuchung waren kleinste Blutspuren gefunden worden, die jemand zu beseitigen versucht hatte. Es stellte sich heraus, dass der Mann die Leiche seiner Frau im Garten verscharrt hatte. Unter den Petunien. Wegen Totschlags war er zu einer Haftstrafe von zwölf Jahren verurteilt worden. Das Ganze war gerade einmal zwei Jahre her.

Alex wurde hektischer. Er griff sich die nächsten Akten – sexueller Missbrauch von Kindern und eine weitere schwere Brandstiftung in mehreren Fällen.

Das passt doch alles nicht zusammen!

Alex sollte mit seinen Klienten Zukunftsaussichten erarbeiten. So war ihm vom Professor sein Aufgabenbereich erklärt worden. Diese Insel mit ihrem liberalen Konzept sollte eine Chance, ein Start in ein neues Leben sein, in dem die Straftäter auf eine Wiedereingliederung in die Gesellschaft vorbereitet werden sollten. Doch die Fälle schienen so gar nicht in dieses Konzept zu passen. Es waren Menschen, die am Anfang ihrer Haftstrafen standen, die erhebliche Verbrechen begangen, noch nicht gebüßt und sich verändert hatten. Menschen, denen er und wohl auch die Gutachter keine guten Prognosen stellen würden. Es gab über 60.000 Menschen in deutschen Justizvollzugsanstalten. Es musste doch besser geeignete Personen geben für so ein neuartiges Projekt als die, deren Akten in seinem Schrank standen. Er überlegte, ob er Prof. Dr. Euler dazu befragen sollte, aber war sich nicht sicher. Vielleicht täuschte er sich ja auch und er wollte nicht, dass sein Vorgesetzter ein schlechtes Bild von ihm bekam. Es war wohl besser, wenn er dieser Sache selbst auf den Grund ging.

***

Ostsee
Sanja

»Hinter dieser Tür warten Ihre Antworten.«

Euler hatte den Gast schon vor Sonnenaufgang geweckt und ihn zum Bunker gebracht. Nun stand Sanja mit ihm vor Raum 211.

»In diesem Raum ist ein Mann. Er hat Ihren Bruder vor mehr als zehn Jahren entführt und seitdem unzählige Male missbraucht. Ich weiß, dass das alles sehr schrecklich für Sie und Ihre Familie sein muss. Es ist kein leichtes Schicksal.«

»Wo ist Samir? Geht es ihm gut?«

»Dazu kommen wir noch. Eins nach dem anderen. Ich werde Sie später wieder abholen. So lange lasse ich sie beide allein. Fühlen Sie sich frei, das zu tun, wonach Ihnen ist.«

Sanja öffnete die Tür.

Manfred lag immer noch gekrümmt am Boden. Sie sah, dass sich seine Beine leicht bewegten. Die Sedierung schien allmählich nachzulassen.

»Er ist zwar gefesselt, wie Sie sehen, aber außerordentlich gefährlich. Nehmen Sie besser die hier.« Sanja reichte dem Gast eine Pistole. Eine schwarze Glock 17, Kaliber 9mm.

Herr Al-Abadi schaute verdutzt auf die Waffe und zögerte einen Moment. Sanja entsicherte die Pistole, nickte ihm zu und er nahm sie schließlich an sich. Sie sah ihm an, dass er noch nie eine Waffe in der Hand gehabt hatte.

»Nur zu Ihrer Sicherheit. Eine reine Vorsichtsmaßnahme.«

Sanja bat ihn, in den Raum zu treten und schloss die Tür hinter ihm. Sie eilte die Treppe hoch, zurück in den Kontrollraum, wo Euler geduldig auf sie gewartet hatte. Die Wachen waren bereits weggeschickt und Euler hatte schon auf die richtige Kamera geschaltet.

»Sollen wir den Film starten?«, fragte Sanja.

»Nein, geben wir ihm erst ein bisschen Zeit. Die wird er brauchen, um zu verstehen, was gerade passiert. Dann sehen wir weiter.«

Sanja kannte die Geschichte der Familie Al-Abadi. Sie waren mit den Flüchtlingsströmen 2015 aus Syrien nach Deutschland gekommen. Auf der Flucht war der kleinste

Bruder der Familie spurlos verschwunden. Samir. Er wurde von einem Pädophilen-Ring entführt, gefangen gehalten und zur Prostitution gezwungen. Es klang wie eine Verschwörungstheorie, aber es war die Wahrheit. Dort waren sie schließlich auf ihn aufmerksam geworden.

Er hatte perfekt in ihre Pläne gepasst. Samir war schwer traumatisiert, seine kleine Seele mittlerweile komplett zerstört. Er gab keine Widerworte und wehrte sich nicht. Er war ein gutes Opfer. Sein Widerstand war längst gebrochen. Und er war langsam zu alt für seine Entführer. So hatten sie ihn günstig bekommen.

Es war ein tragisches Schicksal, eine schreckliche Welt, doch Sanja durfte kein Mitleid haben. All das hier hatte eine große Bedeutung und der Zweck heiligte die Mittel. Das war ihr Lebensmotto.

***

Ostsee
Manfred

Der Mann kam näher und stand wortlos vor ihm. Die rechte Hand, in der er eine Pistole hielt, hing schlaff am Körper herab.

»Bitte, helfen Sie mir«, flehte Manfred. »Kommen Sie schon, machen Sie mich los! Wir müssen hier raus. Diese Frau ist komplett irre.« Seine Stimme hatte jetzt wieder die Kraft, die er von ihr gewohnt war. Auch seine Gliedmaßen konnte er inzwischen wieder spüren. Es war wie eine Betäubung beim Zahnarzt, die einige Stunden nach der Wurzelbehandlung nachließ und den Schmerz zurückkommen ließ. Doch der Mann stand einfach nur da, sah ihn an und sagte nichts. Sein Blick war eigenartig leer, ausdruckslos.

»Was haben Sie meinem Bruder angetan?«

»Ich weiß nicht, wovon Sie reden, ich kenne Sie doch gar nicht. Jetzt lassen Sie uns hier verschwinden! Das mit Ihrem Bruder klärt sich schon alles.«

»Samir.«

Mehr sagte er nicht. Nur dieses eine Wort, das Manfred mit der Wucht eines heftigen Auffahrunfalls traf. Er war noch nie ein guter Schauspieler gewesen. Wenn er log, auch bei einer absoluten Kleinigkeit, war es immer früher oder später aufgeflogen. Auch der Fremde musste also gemerkt haben, dass dieser Name ihm sehr wohl etwas sagte, etwas in ihm auslöste, denn er fragte noch einmal:

»Was hast du Schwein mit Samir angestellt?«

Manfred bemerkte aus dem Augenwinkel, dass sich die Hand mit der Waffe Zentimeter um Zentimeter hob, bis der Lauf schließlich direkt auf ihn gerichtet war. Er musste sich etwas einfallen lassen.

»Los, sprich schon.«

Der fremde Mann wurde jetzt lauter, bedrohlicher, brüllte fast. Manfred schloss die Augen.

Verflucht, wie komme ich aus dieser Situation bloß wieder raus?

Er zerrte heftig an seinen Fesseln, bis seine Handgelenke schmerzten, doch es half nichts. Bei seiner Befreiung war er auf den Fremden angewiesen. Er musste ihn irgendwie beruhigen und davon abhalten, Dummheiten zu machen. Ihm gut zureden. Doch er wusste nicht wie. Er war so schlecht in solchen Dingen.

In diesem Moment flackerte der Flachbildschirm an der Wand auf und Manfred sah … sich selbst. Wie er mit Samir im Bett lag und die beiden es trieben. Es kam ihm vor, als sei es schon Wochen her. Vielleicht war es das auch, Manfred hatte sein Zeitgefühl verloren. Eine Kamera musste alles gefilmt haben. Er konnte sich nicht erinnern, irgendwo eine gesehen zu haben. Auch der Fremde sah zu dem Bildschirm, verzog den Mund, als er die Bilder sah und das Stöhnen des Mannes hörte, der jetzt angekettet vor ihm auf dem Boden saß.

»Du widerliches Stück Scheiße. Fahr zur Hölle!«

Manfred sah die Pistole vor seinem Kopf, dann wurde alles schwarz. Den ohrenbetäubenden Knall hörte er nicht mehr.

Teil 3

Precht – »Das Böse im Menschen«, 03.11.2013

Schirach: »Wenn wir sagen, es gibt keinen freien Willen mehr, dann gibt es auch kein Strafrecht mehr. Wenn wir uns auf den Standpunkt stellen, alles ist vorherbestimmt, unsere Gene, Prozesse in unserem Kopf machen es uns nicht möglich, uns anders zu entscheiden, dürfen wir auch niemanden bestrafen.«

***

Ostsee
Tammy

»Ach, Sie sind das!«, begrüßte der Mann Tammy, als sie das Büro des Sozialarbeiters betrat, und reichte ihr die Hand.

Sie nahm sie sofort. Er wirkte überrascht und hatte wohl nicht damit gerechnet, dass sie auch nur das kleinste bisschen Nähe zulassen würde.

»Der Zigarettenhändler vom Schiff. Ja, ich erinnere mich ebenfalls«, erwiderte sie. Sie hatte keine Lust auf dieses Gespräch, aber sie musste weiter mitspielen und sich kooperativ zeigen. Unter keinen Umständen wollte sie jetzt noch irgendwie auffallen und ihren Plan in Gefahr bringen. Bisher hatte alles funktioniert. Während ihrer Arbeit in der Küche hatte sie unbeobachtet eines der großen Küchenmesser entwendet. Nun war es gut versteckt.

Heute Nacht würde sie es nutzen, um dieser ganzen Scheiße endlich zu entkommen. Dieses Mal ließ sie sich nicht aufhalten. Sie starb dann zwar nicht in München, sondern auf irgendeiner Insel, aber das Ergebnis wäre dasselbe. Ruhe. Frieden. Endlich angekommen sein. Sie sehnte die Dunkelheit herbei.

»Es gibt keine zweite Chance für einen ersten Eindruck, nicht wahr?«, scherzte Alex. »Bevor wir beginnen, ist es mir wichtig, Ihnen zu sagen, dass ich der Schweigepflicht unterliege. Alles, was wir hier besprechen, sofern Sie mir nicht ein Verbrechen oder ähnliches ankündigen, was mich zum sofortigen Handeln zwänge, bleibt unter uns. Ich werde Sie aber zu nichts drängen. Es ist ein Gesprächsangebot. Ob und wie Sie das annehmen, entscheiden Sie selbst.«

»Alles klar.«

»Gut, dann lassen Sie uns beginnen.«

Die beiden unterhielten sich daraufhin über eine Stunde. Tammy hatte seit ihrer Jugend mit so vielen Psychologen, Psychiatern, Ärzten und Sozialarbeitern gesprochen, dass sie geschult darin war. Sie wusste, was sie hören wollten, kannte sich mit psychischen Erkrankungen sehr gut aus und konnte die Symptome wie aus dem Lehrbuch benennen. Es ging in dem Gespräch jedoch hauptsächlich um ihre Zukunft. Darum, wie es nach ihrer Entlassung weitergehen solle und wobei der feine Herr Sozialarbeiter, der sie manchmal so komisch ansah, dass sie Gänsehaut bekam, unterstützen könne.

»Ich möchte auf jeden Fall alle Therapiemöglichkeiten ausschöpfen, die infrage kommen und mich medikamentös einstellen lassen«, erwiderte Tammy. »Ich überlege sogar, eine weitere Ausbildung anzufangen und noch einmal ganz neu zu starten. Vielleicht gehe ich auch in ein Kloster und lerne dort ein bescheidenes Leben in Gottes Händen.« Es war wirklich zum Totlachen und sie musste sich zusammenreißen, ernst zu bleiben. Auf keinen Fall wolle sie noch einmal straffällig werden, sie habe begriffen, dass ihr Handeln falsch gewesen sei. Als Erstes würde sie sich bei dem Opfer und der Familie entschuldigen und ihre aufrichtige Reue bekunden. Der Sozialarbeiter zeigte sich verwundert, dass sie so offen sprach. Schließlich hatte sie doch bei der Polizei und auch vor Gericht keinerlei Angaben gemacht. Sie habe vieles verstanden seitdem, sagte Tammy. Sie wolle sich verändern. Leben heiße doch Veränderung. Das Gegenteil davon sei Stillstand. Das war eine gute Weisheit. Eine Stunde später verließ sie das Haupthaus mit dem Anflug eines Lächelns auf dem Gesicht. Die nächste Hürde war geschafft.

***

Ostsee
Gunnar

Hoffentlich nehmen meine Freunde die Situation so ernst wie ich und machen ihre Sache anständig, dachte Gunnar während seines täglichen Spaziergangs mit Paddy durch die Dünen. Sie hatten gemeinsam entschieden, das Ganze zu beobachten und Beweise dafür zu sammeln, dass hier etwas nicht mit rechten Dingen zuging. Zudem hatten sie einen Plan aufgestellt und hielten den Tag über abwechselnd Wache am Bunker, gut versteckt, um zu sehen, wer ihn wann betrat. Und noch viel wichtiger: Wer ihn nicht mehr verließ. Vielleicht konnten sie so feststellen, was dort tatsächlich gespielt wurde. Am Abend wollten sie sich dann wieder besprechen und neu überlegen. Gunnar war sich sicher, dass auch seine Freunde bald skeptisch werden würden, selbst wenn sie offensichtlich nicht so feine Sensoren hatten wie er.

Er verließ die Dünen und erreichte den Strand. Das Wasser war mittlerweile wieder klarer, die Temperaturen milder, das Eis fast ganz geschmolzen. Bald würden bestimmt wieder Schiffe fahren können. Die Insel war in der Vergangenheit schon ein paarmal von der Außenwelt abgeschnitten gewesen und er mochte dieses Gefühl gar nicht. Zwar verließ er sie fast nie, aber es beruhigte ihn, dass er es konnte, wenn ihm danach war.

Plötzlich lief Paddy los, Richtung Wasser.

»Paddy, bleib hier!«, rief er, doch sein Hund gehorchte ihm nicht. Wahrscheinlich hatte er etwas zum Spielen entdeckt. Gunnar näherte sich ihm und bemerkte eine Bewegung im Wasser. Zunächst dachte er, es seien Äste, die im Wasser trieben. Oder ein Tier. Erst als er noch näher heranging, erkannte er, was es war, was dort im Wasser schwamm. Es war ein menschlicher Körper.

Gunnar musste sich fast übergeben. Er kämpfte gegen den Würgereiz an. Nie zuvor hatte er einen Toten gesehen und er musste doch tot sein, bei den winterlichen Temperaturen. Gunnar krempelte seine Hose bis zu den Knien hoch und stapfte durchs Wasser. An den Beinen gepackt, zog er den leblosen Körper an Land. Er war schwer. Die Kleidung hatte sich mit Wasser vollgesogen. Das Gesicht des Mannes war bläulich verfärbt, Schwielen und Blasen überzogen es. Da, wo vorher das rechte Auge gewesen war, befand sich nun ein großes Loch. Auch wenn der Anblick ihn anwiderte, sah sich Gunnar das Gesicht näher an. *Das kann doch nicht wahr sein*, dachte er. *Doch, das muss er sein.* Auch wenn er sehr entstellt war, meinte er in dem Toten den Mann zu erkennen, der gestern mit der Ärztin zum Bunker gegangen war und über dessen Verschwinden er seinen Freunden so aufgeregt berichtet hatte. *Ich habe es doch gewusst.* Gunnar ließ den Toten liegen, dem er nicht mehr helfen konnte und lief zurück zu seinem Haus. Er musste seine Freunde zusammentrommeln. Sie mussten jetzt irgendwie handeln.

***

Berlin
Winfried

»Verflucht, was ist denn da los, auf dieser Insel?« Winfried schrie ins Telefon. Eigentlich wurde er niemals laut, das war nicht seine Art. Er schaffte es auch in Extremsituationen die nötige Ruhe und Gelassenheit für eine konfliktfreie Lösung an den Tag zu legen. Dazu hatten auch mehrere Seminare ›Gewaltfreie Kommunikation‹ nach Marshall B. Rosenberg beigetragen, die er im Laufe seiner politischen Karriere besuchte. Seine Ehe war dadurch wohl gerettet worden.

Winfried hatte es heute früh in der Tageszeitung gelesen. Ein Toter war auf der Insel gefunden worden. Sein Torso sei an Land gespült worden und von einem der anderen Bewohner entdeckt worden. Es handele sich um einen Vierundfünfzigjährigen Mann, der wegen verschiedener Sexualdelikte eine langjährige Haftstrafe verbüße. Die Todesursache sei noch unklar. Es gebe keine Angehörigen, die zurückblieben.

»Beruhige dich, Winfried«, versuchte Anton ihn zu beschwichtigen. »Das wird sich schon alles aufklären. Ich habe vorhin mit dem Professor telefoniert. Es sieht wohl danach aus, dass dieser Gefangene einen naiven Versuch gestartet hat, von der Insel zu flüchten und dabei ertrunken ist. War wohl nicht die hellste Kerze auf der Torte. Vermutlich hat er sich ein Floß oder so etwas gebaut, dessen Überreste früher oder später auch noch an Land gespült werden. Sie werden ihn untersuchen und alles aufklären. Natürlich sieht das jetzt nicht schön aus für uns, aber so was kann passieren. Das sind ja alles keine unbescholtenen Bürger, sondern Straftäter, Inhaftierte. So etwas lässt sich leider nicht immer vermeiden, aber es ist kein Grund, jetzt alle Pläne über den Haufen zu werfen. Es gab doch auch schon einige positive Zeitungsartikel über das neuartige und großartige Projekt. An denen müssen wir uns festhalten.«

»Ich weiß, dass du mich nur beruhigen willst, Anton. Das rechne ich dir auch hoch an. Aber ich kann mir wirklich keine negative Presse mehr leisten.« Winfried machte eine Pause. Er dachte an seine Tochter. Es stand viel auf dem Spiel. Anton glaubte, er tat all dies, damit seine Tochter nicht verurteilt werden würde. Um zu beweisen, dass sie keine Schuld an dieser Tat hatte und man sie freisprechen müsste. Das stimmte auch, aber nur zum Teil. Vor allem jedoch wollte er seiner Tochter wieder in die Augen schauen können. Er wollte verzeihen können.

Vergib uns unsere Schuld, wie auch wir vergeben unseren Schuldigern.

»Am liebsten würde ich mich in den nächsten Hubschrauber setzen, mir das vor Ort anschauen und mal ein ernstes Wort mit denen sprechen, aber ...«

»... du kannst gerade nicht weg, ich weiß«, vollendete Anton den Satz des Bundeskanzlers. Er kannte seinen Terminkalender nur zu gut, konnte ihn jederzeit einsehen.

»Dann lass mich hinfliegen. Ich habe die nächsten Tage keinen Termin, den ich nicht auch verschieben könnte.«

Es entstand wieder eine kurze Gesprächspause.

»In Ordnung. Dann sorg du dafür, dass die ihren Job vernünftig machen. Und Anton: Wenn sich so etwas wiederholen sollte, breche ich dieses ganze Projekt ab.«

»Das wird es nicht. Versprochen.«

***

Ostsee
Konstantin

»Man muss damit rechnen, dass sich Dinge im Leben anders entwickeln, als man sie plant«, sagte Sanja lediglich und es machte ihn nur noch wütender.

Er schätzte sie sehr, menschlich und fachlich, aber heute wollte er ihr am liebsten den Hals umdrehen. Konstantin hatte sie und Dr. Sarin in sein Büro gebeten und unverblümt gefragt, mit was für Idioten er es hier eigentlich zu tun habe. Er hatte den Wachen befohlen, den Toten zu entsorgen und ihnen genug Intelligenz zugetraut, dass sie ihn nicht einfach in die Ostsee werfen würden.

Es waren Sanjas Leute, Angestellte im Wachschutz des Pharmaunternehmens, für deren Integrität und jahrzehntelange Erfahrung sie gebürgt hatte. Diese Idioten hätten ihn verbrennen können oder mit einer Axt zerteilen und verbuddeln, der Fantasie waren keine Grenzen gesetzt, aber doch nicht so. Das perfekte Verbrechen gab es nur ohne Leiche. Das wusste doch jeder, der einen Fernseher besaß. Jetzt hatte Konstantin das Problem an der Backe und musste sich überlegen, wie sie aus der Nummer wieder herauskamen.

»Wissen wir denn, was genau er gesehen hat? Hat er sich die Leiche genau angeschaut, bevor er zurück ins Camp ist, um die Mitarbeiter zu informieren?«

»Der junge Mann steht ziemlich unter Schock. Wir konnten ihn noch nicht im Detail dazu befragen.«

»Dann wird es jetzt aber mal Zeit.« Eine Leiche im Wasser konnte ja erst einmal Verschiedenes bedeuten. Das konnte man sicherlich auch so darstellen, als hätte da ein Trottel versucht zu flüchten. Diese Erklärung zu nutzen war schließlich der Plan gewesen, denn es wäre ja ohnehin aufgefallen, dass ein Bewohner verschwunden ist. So oder so hätten dessen Mitbewohner Fragen gestellt. Aber das erklärte natürlich nicht das dicke Loch, das die Kugel in seinen Kopf gerissen hatte. Die Geschichte ließ sich ohne Leiche leichter erzählen. Jetzt war die Situation da, die unter keinen Umständen hätte eintreten sollen. Und das, nachdem sie erstmals wirklich aktiv eingegriffen hatten.

»Und die Medien? Woher wissen die von der Geschichte?«, fragte Konstantin weiter.

»Auch das ist noch unklar.«

»Wissen wir überhaupt irgendetwas?« Konstantin schlug mit der Faust auf den Tisch. Er war aufgebracht. »Das kann doch alles nicht wahr sein. Das ganze Projekt gerät gerade in Gefahr. Jahrelange Arbeit und Vorbereitung. Nur wegen ein paar Dilettanten. Das sind deine Männer, Sanja. Die arbeiten für dein Unternehmen und ich dachte, ich könnte dir da vertrauen. Scheinbar habe ich mich getäuscht.«

Er seufzte und versuchte, sich zu sammeln. Es brachte ja doch nichts, sich jetzt gegenseitig Vorwürfe zu machen. Irgendwie mussten sie das Ruder wieder in die richtige Richtung rumreißen. Dafür brauchte es ein ruhiges und zielorientiertes Vorgehen.

»Okay Sanja, du redest mit dem Zeugen und findest heraus, ob er eine Gefahr ist. Dann müssen wir überlegen, wie wir damit umgehen. Wenn er psychologische Betreuung braucht, schick ihn noch heute zu Fräulein Schwarzbeck. Herr Sarin, Sie überlegen sich bitte, was wir jetzt mit der Leiche anstellen und denken sich eine glaubhafte Story aus, die wir den Medien liefern können. Und ich kümmere mich höchstpersönlich darum, dass Samir und sein Bruder verschwinden. Damit sich so ein Fiasko nicht noch einmal wiederholt.«

***

Ostsee
Konstantin

Als er den Raum betrat, saßen die beiden Brüder auf dem Bett und sprachen nicht miteinander. Jeder war in seine eigenen Gedanken versunken. Sie waren jetzt schon fast vierundzwanzig Stunden zusammen hier in diesem Zimmer.

Nachdem der Schuss gefallen war, eilten Konstantin und Sanja zusammen zu Raum 211. Samirs Bruder hatte die Waffe fallen lassen und war weinend auf die Knie gesackt. Konstantin hatte Sanja die Waffe gereicht und beschwichtigend eine Hand auf die Schulter des weinenden Mannes gelegt, der nur noch lauter schluchzte. Es war wie in einem schlechten Film.

»Beruhigen Sie sich. Sie haben das richtige getan. Dieser Mensch hatte es nicht anders verdient. Kommen Sie, ich bringe Sie zu Ihrem Bruder. Er wartet schon so lange auf Sie«, hatte er sich seiner angenommen. Herr Al-Abadi gehorchte wortlos und folgte ihm. Es war alles sehr emotional. Als er Samir sah, weinte sein Bruder noch mehr. Er war ihm in die Arme gefallen, völlig überfordert davon, dass plötzlich der Moment gekommen war, auf den er mehr als zehn Jahre gehofft und an den er schon längst nicht mehr geglaubt hatte.

Samir zeigte wieder mal keine Reaktion. Man konnte seinem Blick nicht einmal entnehmen, ob er realisierte, dass es sein Bruder war, der ihn fest an sich drückte. Samir war einfach nicht mehr in der Realität. Er war verloren in irgendwelchen Welten, fernab der ihren. Konstantin sagte, dass er sich nun zurückziehen und die beiden allein lassen würde. Sie hätten sich die gemeinsame Zeit verdient, nach allem, was sie durchmachen mussten. Er käme später wieder. Dann könnte er seinen Bruder nach Hause und in die Arme seiner Familie bringen. So viele Lügen und falsche Hoffnungen. Es war eine Tragödie.

Nun stand Konstantin wieder in der Tür und sah die beiden Brüder an. Sie taten ihm leid. Ja tatsächlich, er empfand so etwas wie Mitleid und musste sich wirklich Mühe geben, es zu unterdrücken und professionell zu sein. Wie gern hätte er sie gehen lassen, damit sie all die Jahre nachholen konnten, die ihnen geraubt worden waren, doch das ging nicht. Er konnte sich nicht durch einzelne Schicksale von seinem Weg abbringen lassen. Die beiden hatten ihren Zweck erfüllt und sehr gute Daten beigetragen. Jetzt wurden sie nicht länger benötigt.

Vielleicht würden sie die ganze Sache für sich behalten, dachte Konstantin. Samir sprach ja eh nicht und sein Bruder war zum Mörder geworden und hielt schon aus Selbstschutz lieber die Klappe. Aber es durfte einfach keine Zeugen geben. Das war ein fester Grundsatz ihrer Arbeit und mit dem würde er auch heute nicht brechen. Auch dann nicht, wenn er so etwas wie Mitleid empfand. Es war schon genug schiefgelaufen, seit dem Start des Projekts.

»Herr Al-Abadi. Die Zeit ist rum. Hoffentlich haben Sie die Stunden mit Ihrem Bruder genossen. Ich muss zugeben, ich bin in solch tragischen Situationen kein Mensch der großen Worte. Sie haben einen außerordentlichen Beitrag geleistet, der die Menschheit sehr voranbringen wird. Dafür danke ich Ihnen. Ihre Leben hatten einen Sinn.«

Konstantin hob die Waffe. Es war dieselbe, die noch vor einigen Stunden in den Händen seines Gegenübers gewesen war und der schon eine Kugel fehlte, weil sie bereits eine menschliche Existenz beendet hatte. Es ging alles blitzschnell. Zwei laute Schüsse, zwei zusammensackende Körper. Dann war alles still. Konstantin war ein geübter Schütze, zielsicher, mit einer ruhigen Hand. Sein Vater hatte ihn schon als Kind mit auf die Jagd genommen. Damals hatte er gelernt, wie die Natur funktionierte. Dass der Stärkere gewann. Konstantin wartete einen Moment, prüfte dann den Puls der beiden Körper und seufzte. Jetzt begann der schmutzige Teil der Arbeit. Er verließ den Raum. Wenige Minuten später kam er mit einer schweren Axt zurück.

***

Ostsee
Alex

Alex hatte sich ein Herz gefasst und wollte noch einmal mit Tammy sprechen. Es war ihm schwer genug gefallen, sich in dem ganzen Gespräch zusammenzureißen und die Fragen, die eigentlich in ihm brodelten, nicht zu stellen. Jetzt hielt er es nicht mehr aus. Er musste sie fragen, warum sie hier war. Wie es gekommen war, dass man sie trotz dieses schrecklichen Verbrechens direkt aus der Untersuchungshaft auf diese Insel verlegt hatte. Vielleicht konnte sie Licht ins Dunkel bringen. Und irgendwie wollte er sie auch einfach wiedersehen.

Es war bereits dunkel und eigentlich musste sie in einer der Wellblechhütten sein, an ihrem Schlafplatz, doch dort war sie nicht. Auch ihre Mitbewohnerin, die er durch sein nachdrückliches Klopfen geweckt hatte, meinte, dass sie noch irgendwo draußen unterwegs sein musste. Sie wolle sie nicht verpetzen, aber das wäre abends öfter der Fall.

Alex wusste nicht, wo er nach ihr suchen sollte. Die Insel war groß und er hatte keine Ahnung, wie lange die Batterien seiner Taschenlampe noch hielten, die Euler ihm am ersten Tag ausgehändigt und die er bisher nicht gewechselt hatte. Alex lief über das ganze Gelände, doch keine Spur von ihr. Wenn sie ihre Ruhe haben und sichergehen wollte, dass sie nicht entdeckt und ins Bett geschickt wurde, war es auch recht unrealistisch, dass sie irgendwo auf dem Gelände war. Er könnte in den Wald oder zum Bunker gehen, aber was könnte sie dort wollen? Das war wohl keine wirkliche Option. Möglicherweise war sie am Strand. Abends am Strand zu spazieren war durchaus reizvoll.

Alex überlegte, ob er sein Vorhaben abbrechen und am folgenden Tag mit ihr sprechen sollte, aber er würde ohnehin keinen Schlaf finden. Es ließ ihm keine Ruhe. Das, was als spannende und aufregende Reise und berufliche Chance begonnen hatte, machte ihn schon nach einigen Wochen echt nervös und unsicher. Irgendetwas stimmte hier nicht und seine Neugierde hatte in seinem Leben bisher noch immer gesiegt. Wie gern würde er mit irgendjemandem telefonieren und um Rat fragen, aber er wusste nicht, wen er anrufen sollte. Seine Mutter vielleicht? Oder den Chef der Bewährungshilfe? Schließlich war der doch auch skeptisch gewesen, was dieses Projekt anging und könnte ihm mit seinen Bedenken vermutlich am Ehesten helfen.

Alex dachte daran, dass sein Handy einkassiert worden war und er nur über das Telefon im Haupthaus anrufen konnte, unklar darüber, ob die Gespräche über diesen Fernsprecher vielleicht mitgehört oder aufgezeichnet wurden. Dann würde er sich verraten. So verwarf er den Gedanken, jemanden anzurufen. Selbst wenn Tamara am Strand war, auch das war nicht gerade ein kleiner Bereich, den er absuchen musste. Dennoch entschied er sich dafür. Alex arbeitete sich Meter für Meter vor und begegnete dabei keiner Menschenseele. Ihm war klar, dass er den ganzen Weg, den er bereits gelaufen war, auch wieder zurückmusste. Trotzdem ging er immer weiter. Wenn er jetzt umdrehte, war seine ganze Suchaktion umsonst gewesen und er würde sich nur noch mehr ärgern. Dann glaubte er, einen Schatten zu sehen. Dort oben, in den Dünen. Er blieb stehen.

»Hallo«, rief er in die Dunkelheit. »Tamara, sind Sie das?«

***

Ostsee
Tammy

Die Klinge rutschte ab und Blut tropfte aus dem Schnitt. Das laute Rufen hatte sie erschreckt und dazu geführt, dass sie das Messer verriss. Es war eine Männerstimme gewesen, die ihr bekannt vorkam. Sie hatte eindeutig ihren Namen genannt. Gedankenschnell warf Tammy das Messer von sich und krempelte den Pulli über die Wunde. Der Stoff scheuerte über die offene Stelle und sie verzog vor Schmerz das Gesicht.

Ruhig atmen, Tammy, beschwor sie sich. *Versuch, dich zu entspannen.* Sie hörte noch einmal ihren Namen. Der Mann schien näherzukommen. Jetzt erkannte sie auch seine schemenhafte Gestalt in der Dunkelheit. Der Strahl einer Taschenlampe erhellte die Nacht. Es konnte doch verflucht noch mal nicht wahr sein, dass schon wieder jemand ihre Pläne durchkreuzte. Fast so, als würde das Schicksal oder irgendeine höhere Macht sie von ihrem Vorhaben abbringen wollen. Es war seit Stunden dunkel, zudem eisig kalt und sie saß in einer Düne weit entfernt vom Camp. Wer sollte hier schon nach ihr suchen? Wer gottverdammt machte schon wieder alles kaputt?

»Was machen Sie denn hier draußen, um diese Zeit?« Es war der Sozialarbeiter, der nun vor ihr stand und sie direkt anleuchtete. Na prima, der fehlte ihr gerade noch.

Er kam einen Schritt näher.

»Ich hatte Kopfschmerzen und brauchte etwas frische Luft.«

»Sie kennen doch die Regeln. Es ist längst Nachtruhe. Bei dem Wetter allein durch die Dünen zu spazieren, ist keine gute Idee.«

»Ja, ich weiß, tut mir leid. Was treibt Sie denn hierher?« Angriff war noch immer die beste Verteidigung.

»Ich … ich habe Sie gesucht, Tamara«, antwortete er und kam noch einen Schritt auf sie zu. »Ich wollte noch einmal mit Ihnen reden.« Und noch einen Schritt. Jetzt war er ihr schon unangenehm nah, sein Gesicht dicht vor ihrem. »Es gibt da ein paar Dinge, die ich einfach nicht verstehe.« Ehe Tammy irgendwie reagieren konnte, küsste er sie. Völlig perplex ließ sie es zu. Nach einer Sekunde war der Moment aber schon wieder vorbei. Er zuckte zusammen als ein Blitz den Himmel erhellte. Kurz darauf folgte der Donner.

»Kommen Sie, wir unterhalten uns lieber auf dem Rückweg. Da scheint ein Unwetter aufzuziehen.«

Sie gingen ein paar Minuten wortlos Seite an Seite. Peinliches Schweigen. Zu dem, was gerade passiert war, sagte er nichts mehr, ganz so, als habe sie es sich nur eingebildet. Stattdessen begann er nun darüber zu reden, warum er sie gesucht hatte: »Ich habe mir Ihre Akte sehr genau durchgelesen und ich frage mich einfach, warum Sie hier sind?«

Tammy machte keinen Hehl aus ihrer Verwunderung. »Aber das wissen Sie doch, wenn Sie die Akte kennen.«

»Ich glaube, Sie verstehen nicht richtig, Tamara. Welche Straftat Sie begangen haben, weiß ich. Ich meine vielmehr, dass ich nicht verstehen kann, warum Sie aus der Untersuchungshaft hier auf diese Insel verlegt wurden. Sie sind nicht einmal zu oft beim Schwarzfahren erwischt worden oder haben Zahnbürsten im Drogeriemarkt an der Ecke gestohlen. Sie haben eine schwere Straftat begangen, und das ist noch gar nicht lange her. Sie sind aus der Untersuchungshaft direkt hierhergebracht worden. Ihr Fall passt so gar nicht in ein solches liberales Konzept, bei dem es um die Wiedereingliederung von Straftätern geht. Verstehen Sie, was ich meine?«

Natürlich verstand sie. Sehr gut sogar. Sie wusste, warum sie hier war und wem sie das zu verdanken hatte. Auch wenn sie sich nach wie vor nicht erklären konnte, was man hier mit ihr vorhatte. Warum man eine kleine Zelle gegen eine große Insel eintauschte. Einsperrung gegen Freiheit. Was immer auch der Plan war, sie würde ihn durchkreuzen.

Tammy zögerte, wusste nicht, wie offen und ehrlich sie mit ihm sprechen sollte. Bei der nächsten Gelegenheit würde sie ihr Vorhaben endlich in die Tat umsetzen und sich das Leben nehmen, es war doch eh alles egal. Warum sollte sie ihm helfen? Was hatte sie davon?

Alex musste ihren inneren Kampf mitbekommen haben.

»Ich bitte Sie, Tamara, es ist wichtig für mich, das zu verstehen.«

Sie betraten wieder das Gelände. Tammy kniff die Augen zusammen, weil das rotierende Scheinwerferlicht sie blendete.

»Anton«, sagte sie nur, ohne zu wissen, warum sie ihm half, und ließ ihn stehen.

Alex sah ihr ratlos nach. Kurz darauf ging auch er in seine Unterkunft.

***

Ostsee
Gunnar

… *fünf, sechs, sieben.* Gunnar stoppte das Zählen, als der Donner einsetzte. Damals in der Schule hatte er gelernt, wie man den Abstand eines Gewitters berechnete und es bis heute nicht vergessen. Es war eines der wenigen Dinge gewesen, die ihn im Schulunterricht wirklich interessierten. Der Schall hatte eine Geschwindigkeit von ungefähr 340 Metern, die er in einer Sekunde zurücklegte.

Da der Blitz sieben Sekunden vor dem Donner über den Himmel zuckte, war das Gewitter nach einer einfachen Multiplikation noch 2.380 Meter entfernt. Weniger als bei seiner letzten Rechnung. Es kam also näher. Gewitter im Winter waren eher unüblich, da sie ja gerade durch starke Temperaturunterschiede entstanden. Wintergewitter waren ein seltenes Phänomen, aber doch möglich. Wie so vieles im Moment. Es passte zu den verrückten letzten Tagen. Erst hatte Gunnar monatelang zusehen müssen, wie seine ehemaligen Nachbarn ihre Häuser verließen und davonzogen, dann wie die Neuankömmlinge die Insel besiedelten. Er hatte mitbekommen, wie ein Mensch in den alten Bunker gebracht wurde, verschwunden war und kurze Zeit später tot im Wasser trieb. Mit einem dicken Loch im Gesicht, wo zuvor sein Auge war.

Jetzt lag Gunnar im Bett und fand einfach keinen Schlaf. Matthias hatte sich nicht mehr gemeldet und mittlerweile war es kurz vor Mitternacht und er würde heute wohl nichts mehr von seinem Freund vom Festland hören. Dabei hatte er versprochen, anzurufen, wenn er etwas Neues wusste. Eigentlich war auf ihn immer Verlass. Ohne seine Lebensmittellieferungen in der letzten Zeit, wären sie aufgeschmissen gewesen. Bestimmt war er schon zu Hause bei seiner Familie und würde erst morgen wieder ins Büro fahren.

Nachdem Gunnar mit seinen Freunden gesprochen hatte, wurde die Entscheidung getroffen, Matthias anzurufen, der als Journalist arbeitete, die Augen und Ohren immer offen für eine spannende Story. Irgendwie mussten sie die Außenwelt darauf aufmerksam machen, dass hier, auf ihrer Insel, das Chaos ausgebrochen war. Dass hier merkwürdige Dinge passierten, die so gar nicht zu dem tollen Projekt passten, von dem in der Öffentlichkeit die Rede war und mit dem sich die Politiker schmückten. Ole hatte vorgeschlagen, nun doch die Polizei einzuschalten, doch Gunnar war unsicher gewesen. Wenn hier tatsächlich Verbrechen unter dem Deckmantel eines staatlichen Projekts begangen wurden, wusste er nicht, wem man noch trauen konnte. Ob die Polizei wirklich noch Freund und Helfer war oder nicht doch eher eine Gefahr für ihn und seine Freunde. Matthias dagegen vertraute er blind. Der war ein schlaues Kerlchen, hatte früher über zehn Jahre als Privatdetektiv gearbeitet und Männer überführt, die ihre Frauen betrogen. Wenn jemand herausfand, was hier gespielt wurde, dann Matthias. Er setzte seine ganzen Hoffnungen in ihn. Gunnar lag noch eine Weile wach im Bett. Das Leben machte ihm keinen Spaß mehr. Er war zu alt für solche Abenteuer.

***

Ostsee
Anton

Froh darüber, dass der Flug endlich vorbei war, stieg Anton aus dem Helikopter. Er litt unter Akrophobie, auch bekannt als Höhenangst. Es war nicht sein ganzes Leben so gewesen. Früher, als Kind oder Jugendlicher, hatten ihm große Höhen nichts ausgemacht. Anton war in Hochseilkletterparks gewesen oder hatte sich in die höchsten Achterbahnen und Free Fall Tower gesetzt. Die Höhenangst hatte von einem Tag auf den anderen von ihm Besitz ergriffen. Zum ersten Mal war es ihm als junger Erwachsener aufgefallen, Mitte zwanzig, als er seiner Mutter Berlin zeigte und sie gemeinsam auf der Aussichtsplattform der Siegessäule, an der Straße des 17. Juni, standen. 285 Stufen und knapp 60 Meter über dem Boden. Sightseeing. Ihm war plötzlich schwindelig geworden, der Puls schlug schnell, der Mund war trocken, er schwitzte. Anzeichen einer Panikattacke, wie er sie zuvor noch nie erlebt hatte. Seitdem war die Höhenangst nie wieder von seiner Seite gewichen. Besonders schlimm wurde es immer dann, wenn er im Freien und die Gefahr zu fallen real war, beispielsweise wenn die Absperrung ihm nur bis zur Brust ging. Der Hubschrauberflug war gerade noch erträglich gewesen.

Anton versuchte seine Anspannung abzuschütteln und reichte dem Professor, der sich freundlicherweise bereit erklärt hatte, ihn nach der Landung abzuholen, die Hand. Exakt an jener Stelle, an der dieser nur wenige Tage zuvor Samirs Bruder in Empfang genommen haben musste, der die Insel im Gegensatz zu ihm jedoch nie wieder verlassen würde. Nachdem der Helikopter wieder gestartet war, waren die beiden allein. Anton konnte seine Maskerade nun ablegen.

»Konstantin, es ist lange her, seit deinem Besuch in Berlin. Es ist mir eine Freude.«

»Ganz meinerseits. Komm mein Freund, ich führe dich übers Gelände.«

Der Professor zeigte ihm die Insel, mittlerweile geschult darin wie ein Reiseführer. Nun sah Anton all das, was er bisher nur von den Schilderungen am Telefon kannte. Es beeindruckte ihn. Für Urlaube hatte Anton in seinem Leben als Erwachsener nie Zeit gehabt, aber er konnte nun verstehen, warum es so viele Menschen gab, die es nicht ins Ausland zog, sondern die an Nord- und Ostsee ihre Ferien verbrachten. Der letzte Urlaub war mit seinen Eltern gewesen als er noch ein Kind war. Ein Ferienhaus in Dänemark. Seitdem war Anton nur noch geschäftlich in der Welt unterwegs gewesen. Vielleicht würde er das Reisen bald nachholen, genug Geld war nun schließlich vorhanden.

Am Haupthaus angekommen, gingen sie in Eulers Büro. Sie hatten sich gerade gesetzt, als Anton mit der Tür ins Haus fiel: »Haug fängt an, sich Gedanken zu machen. Er hat damit gedroht, das Projekt abzubrechen, falls sich derartige Vorfälle wiederholen sollten. So eine Schlamperei können wir uns also nicht mehr erlauben, Konstantin. Das muss dir klar sein.«

»Ja, ich weiß. Es tut mir wirklich leid und ich versichere dir, dass wir die Situation nun im Griff haben. Du kannst dich auf mich verlassen. Ich habe bereits alle Hebel in Bewegung gesetzt.«

»Wie du weißt, bin ich kein nachtragender Mensch. Dann soll es jetzt auch gut sein. Ich vertraue Sanja und dir. Ihr wisst, was ihr tut. Wie kommt ihr hier denn voran?«

»Weiterhin ganz prächtig. Wir haben zum jetzigen Zeitpunkt schon mehr und bessere Daten nach Frankfurt geschickt, als wir es uns für das ganze Projekt ausgemalt hatten. Wir sind also sehr zuversichtlich, unsere Hypothesen zweifelsfrei beweisen zu können und schon im Sommer mit den ersten Medikamenten Marktreife zu erlangen.«

»Das ist schön zu hören. Wirklich. Aber wie du dir vorstellen kannst, gibt es einen Grund für meinen Besuch. Ich bin nicht für einen netten Plausch unter Freunden hier. Diese Dinge hätten wir auch am Telefon besprechen können.«

»Du bist hier wegen Tamara«, stellte Konstantin nüchtern fest.

Anton erinnerte sich an den Tag, als sein Sohn nach einigen Wochen aus dem Krankenhaus entlassen worden war. Seine Frau hatte ihn mit dem Auto abgeholt und nach Hause gebracht, ihm aus dem Beifahrersitz geholfen. Anton stand am Fenster und sah zu, wie er in Krücken zur Haustür gehumpelt war, das Gesicht trotz der vielen Pillen, die er nach wie vor schluckte, schmerzverzerrt. David war nun ein Krüppel, ein Niemand, seiner Männlichkeit für immer beraubt. Anton hatte jetzt zwei Töchter. Nichts würde wieder so sein wie zuvor. Das Mädchen verdiente das gleiche Schicksal. Dafür würde er sorgen. Und deshalb war er hier.

Euler sprach weiter: »Und sie ist hier wegen dir. Da schließt sich der Kreis. Ich bin ja nicht doof. In manchen Dingen bist du wohl doch ein bisschen nachtragend.«

»Sind wir das nicht alle ein wenig?«

Die beiden Freunde lachten.

***

Ostsee
Alex

Anton. Nur dieser eine Name. Mehr hatte sie am Abend zuvor nicht gesagt und ihn einfach stehen lassen. Seitdem zermarterte er sich den Kopf, was das wohl zu bedeuten hatte. Alex saß vor seinem Computer, trommelte mit den Fingern auf den Schreibtisch und dachte nach.

Ihm fiel allmählich nichts mehr ein, wonach er im Internet suchen konnte. Er hatte Tamaras Facebook- und Instagram-Profil durchsucht, aber keinen Freund oder Follower gefunden, der so oder so ähnlich hieß. Andere soziale Medien nutzte sie scheinbar nicht. Er hatte ihren Namen und dann das Wort ›Anton‹ bei Google eingetippt, aber auch das war ohne ein Ergebnis geblieben, das ihn weiterbringen würde. In der Gerichtsakte, die er noch einmal überflogen hatte, tauchte dieser Name ebenfalls nicht auf. Kurz hatte Alex gedacht, dass es sich vielleicht um eine Person aus einem Roman, Film, Lied oder Videospiel handeln könnte, aber auch diese Spur führte ins Leere. Es war zum Verzweifeln.

Alex hatte kaum geschlafen und sich, schon bevor die Sonne aufgegangen war, an den Rechner gesetzt. Er hatte einfach nicht abschalten können. Die Gedanken kreisten, ohne irgendwann einen Zielpunkt zu erreichen. In dem Zustand war an Schlaf nicht zu denken.

Eigentlich gab es doch auch keinen Grund, sich in diese Sache so reinzusteigern, oder? Bis auf ein mulmiges Bauchgefühl, war doch nichts passiert. Vielleicht verrannte er sich da in etwas, für das es eine völlig logische und harmlose Erklärung gab und verschwendete nur Zeit, die er auch für seine Arbeit nutzen konnte. Wahrscheinlich war es eher der Kuss, wegen dem er so unruhig und angespannt war. Was hatte er sich bloß dabei gedacht? Erst ein paar Wochen arbeitete er in dem Job und schon hatte er seine Professionalität über den Haufen geworfen. Wenn er sie das nächste Mal sah, musste er sich auf alle Fälle bei ihr entschuldigen.

Alex gab die Suche vorerst auf und sah in seinen Terminplaner. Heute standen drei Einzelgespräche an und zwischendrin seine erste Gruppenstunde, auf die er schon sehr gespannt war. Am Nachmittag hatte er noch einen Termin mit dem Professor, um ihm die erarbeiteten Konzepte genauer vorzustellen. Tamara hatte erst in einigen Tagen den nächsten Gesprächstermin bei ihm. Er konnte sich nicht erklären, warum, aber irgendwie faszinierte ihn diese Frau immer mehr. Sie war so seltsam, so undurchschaubar, so mysteriös. Wäre sie nicht seine Klientin – und hätte sie vor allem nicht gerade ihren Ex-Freund fast zu Tode gefoltert –, hätte er all seinen Mut zusammengenommen und sie nach einem Date gefragt. So jedoch würde es nur eine unerfüllte Fantasie bleiben.

Seine letzte Beziehung war noch nicht lange her. Fast fünf Jahre waren sie ein Paar gewesen, wohnten zusammen, teilten alles, erlebten fast jede Sekunde gemeinsam. Hunderte Nächte lagen sie Seite an Seite. So sicher war er gewesen, seinen Seelenpartner gefunden zu haben und ihn nie mehr gehen zu lassen. Nie hätte er gedacht, dass es einmal vorbei sein könnte. Der Gedanke daran war absurd. Doch dann kam der Tag, der sein Leben in ein Davor und ein Danach gespalten hatte. An dem er die große Liebe gehen lassen musste. Nach dem nichts mehr wie zuvor war und werden würde. Alles, was blieb, war die Einsamkeit und Fremdheit. Die Erinnerung machte ihn melancholisch. Er versuchte sie abzuschütteln.

In diesem Moment klopfte es an der Tür und Alex, dankbar darüber, wurde endgültig aus seinem Tagtraum gerissen. Er bat den unangekündigten Besuch herein. Der Professor stand mit einem fremden Mann in der Tür.

»Entschuldigen Sie die Störung. Darf ich Ihnen unseren Gast vorstellen? Wir haben die Ehre, dass der Justizminister heute früh gelandet ist, um unserem Projekt einen Besuch abzustatten.«

Sie traten ins Büro und der Fremde kam direkt auf Alex zu, reichte ihm die Hand.

»Wie ich von Herrn Euler hörte, machen Sie einen ganz fantastischen Job hier.«

»Es ist mir eine große Ehre, Sie kennenzulernen, Herr Justizminister.«

»Bitte, nicht so förmlich, nennen Sie mich Anton.«

***

Ostsee
Sanja

»Was möchte er?«, fragte sie noch einmal, entsetzt, weil sie es nicht glauben konnte. Sanja hatte sich den Nachmittag eigentlich freigenommen. Seit das Schiff am Hafen angelegt hatte, hatte sie kaum eine ruhige Minute auf der Insel gehabt. Immer war etwas zu tun gewesen. Stress war sie durch ihren Beruf gewohnt, er war ein ständiger Begleiter im Alltag, gehörte fest zu ihr, doch die

Anspannung war deutlich größer als sonst. Sie wusste, dass man in der Psychologie zwischen Eustress und Disstress unterschied, positivem oder negativem Stress. Im Moment war es eindeutig letzterer. Sanja brauchte etwas Abstand zu allem. Ein paar Stunden reichten in der Regel, um die Akkus wieder aufzuladen. Zumindest halb voll. Mehr Zeit konnte sie sich nicht nehmen. So hatte sie sich früh am Morgen auf eines der Fahrräder geschwungen und war einfach losgeradelt. In gemächlichem Tempo, um von ihrer Umgebung auch etwas mitzubekommen. Wenn man sich bewusst durch die Welt bewegte, nahm man sie ganz anders wahr. Es hatte gutgetan. Die Sonne kam heute sogar etwas raus und sie war zu dem alten Leuchtturm geradelt, auf dessen Stufe sie nun saß. Sanja bereute, dass sie das Funkgerät nicht zurückgelassen hatte. Zu sehr war sie es gewohnt, in Notfällen erreichbar zu sein. Man kam halt nicht so leicht aus seiner Haut. Konstantin war am anderen Ende der Leitung und nach einer kurzen Begrüßung direkt zum Anlass seiner Kontaktaufnahme gekommen.

»Das, was ich gerade gesagt habe. Anton möchte, dass wir ihm auch einen Chip einpflanzen. Er möchte einen Beitrag leisten.«

»Also ist das der wahre Grund für seinen Besuch. Er will sich an diesem Mädchen rächen. Ich hätte mir denken können, dass er nicht einfach so vorbeikommt«, sagte Sanja. Die Enttäuschung in ihrer Stimme war deutlich zu hören, dabei wusste sie nicht, warum. Sie kannte die Politik, wusste wie Politiker waren. Mit nichts anderem hätte Sanja gerechnet.

»Immerhin möchte er ein paar Daten beitragen. Das ist doch ein ehrenhaftes Anliegen. Wir können alles gebrauchen, was wir bekommen können.«

»Er hat die Aufgabe, seine vertrauensvolle Beziehung zum Bundeskanzler zu nutzen, um ihm gut zuzureden. Sein Job ist es, das Projekt nach außen positiv darzustellen und zu schützen. Warum mischt er sich jetzt hier ein? Ich verstehe es nicht. Warum bleibt er nicht einfach in Berlin und lässt uns unsere Arbeit machen?«

»Weil er persönlich betroffen ist. Es geht schließlich um seinen Sohn. Er möchte Rache nehmen und wir können und werden es ihm ermöglichen. Wir brauchen ihn mehr als er uns.«

»Ich weiß.«

»Heißt jetzt für uns Folgendes: Ich spreche mit Dr. Sarin, damit Anton so schnell wie möglich vorbereitet werden kann und du schnappst dir Tamara und bringst sie zum Bunker. Ich werde den Raum vorbereiten. Anton hatte da ein paar spezielle Sonderwünsche. Alles klar? Super, dann bis später.«

Sonderwünsche? Ihr schwante nichts Gutes. Sanja blieb noch einen Moment stehen und sah auf die See hinaus. Irgendwann, wenn all das vorbei war und sie genug Geld angespart hatte, würde sie sich ein Haus am See kaufen. Sie würde in den Tag hineinleben und nur noch schöne Dinge tun. Wandern gehen, Bücher lesen, in der Badewanne entspannen. Vielleicht würde sie sich auch einen Hund zulegen. Es waren schöne Gedanken. Dann verabschiedete Sanja sich von ihnen, stieg wieder auf ihr Fahrrad und machte sich auf den Rückweg ins Dorf.

***

Ostsee
Gunnar

Das Klingeln des Telefons war wie eine Erlösung für ihn. Er fühlte sich wie eine Mutter, deren Kind verschwunden war und die neben dem Telefon saß und verzweifelt betete, dass es sich endlich meldete. Hoffnungsvolle Stunden des Bangens. Die Stimme von Matthias hörte sich müde an, so als wäre er gerade erst aufgewacht. Es war kurz nach sieben Uhr am Morgen. Wer könnte es ihm verübeln?

»Moin, Gunnar. Du hast mich angerufen?«

»Falsch, ich habe dich ungefähr ein Dutzend Mal angerufen. Vergeblich.«

»Ja, sorry, Mann, ich war schon im Bett. Gestern war ein langer Tag. Vom Büro direkt ins Bett. Aber ich habe doch gesagt, ich melde mich, wenn ich etwas Neues weiß.«

»Und tust du das?«

»Das ist nicht so leicht, wie du dir das scheinbar vorstellst, an die Gerichtsakten zu kommen. Glücklicherweise war mir bei der Staatsanwaltschaft noch jemand einen Gefallen schuldig. Somit habe ich zumindest schon mal einen Namen zu dem Mann, den du mir beschrieben hast. Zu dieser Wasserleiche. Manfred Steinke heißt der Typ. Wobei, ›hieß er‹ würde es wohl besser treffen. Wie dem auch sei, Steinke war Mitte fünfzig, vorbestraft wegen verschiedener Sexualdelikte. Zuletzt hatte er einen Jungen in eine abgelegene Hütte im Wald entführt und getötet. Er hat ihn mit einem Kissen erstickt. Jonas Lauterbach, dreizehn Jahre alt. Steinke wurde zu lebenslanger Haft verurteilt. Die besondere Schwere der Schuld wurde festgestellt, sodass eine Sicherungsverwahrung wohl obligatorisch wäre. Also, der wäre nie wieder rausgekommen und ich frage mich, was der auf dieser Insel zu suchen hatte, mit der düsteren Prognose. Ich meine, den hätte man doch nicht wieder auf die Gesellschaft loslassen können.«

»Ha, also hatte ich recht, dass es hier nicht mit rechten Dingen zugeht. Ich habe es doch gewusst!« Gunnar war euphorisch. »Was hast du noch?«

»Das war es leider schon fürs Erste. Ich mache mich gleich daran, etwas über die Ärztin zu recherchieren, die du mir beschrieben hast. Vielleicht erfahre ich auch noch etwas über die anderen Mitarbeiter und Häftlinge, was uns weiterbringt. Versprechen kann ich aber nichts. Der Artikel zu der Wasserleiche ist gestern jedenfalls direkt noch rausgegangen. Jetzt gibt es einen gewissen Druck für die Regierung, der Öffentlichkeit zu erklären, was da passiert ist. Wie ich aus meinen Quellen erfahren habe, ist wohl der Justizminister nach Erscheinen des Artikels unverzüglich zur Insel geflogen worden, um sich vor Ort ein Bild der Lage zu machen. Das wird scheinbar sehr ernst genommen. Es passiert etwas.«

»Der Justizminister, dieser Spinner, ist hier bei uns?«

»Sieht ganz so aus. Grüß ihn ganz lieb von mir, wenn du ihn triffst.«

***

Ostsee
Alex

Normalerweise lag sein Ruhepuls zwischen fünfzig und sechzig Schlägen in der Minute und er wurde sogar manchmal von Ärzten bei Routineuntersuchungen gefragt, ob er viel oder ausdauernd Sport treibe, was absolut nicht der Fall war. Alex hatte sich dies nie erklären können, aber die innere Entspannung half ihm bei Extremsituationen, die er privat, aber vor allem im Beruf erlebte. Wenn Klienten laut oder bedrohlich wurden, blieb er umso ruhiger und konnte angespannte Situationen so gut entschärfen. Seine Ruhe übertrug sich dann geradezu auf sein Gegenüber. Nachdem der Justizminister sich ihm namentlich vorgestellt hatte, musste sein Puls jedoch über hundert geschnellt sein, so heftig und wild spürte er das Herz in der Brust schlagen. Seitdem hatte es sich nur unwesentlich beruhigt.

Alex hatte Stunden mit dem Versuch verbracht, Tammys geheime Botschaft zu entschlüsseln, war dabei absolut erfolglos geblieben und dann war ihm die Lösung sprichwörtlich auf dem Silbertablett serviert worden. So einfach konnte es manchmal im Leben sein. Fast schon zu leicht. Anton stand auf einmal vor ihm. Jetzt wusste er zwar, wer der Mann war, nach dem er gesucht hatte, nicht jedoch, was das alles zu bedeuten hatte. Was hatte Tammy mit dem Justizminister der Bundesrepublik Deutschland zu tun? Unterschiedlicher konnten zwei Menschen doch gar nicht sein. Es blieb ein Rätsel. Vorerst. Er musste sie finden und diesmal würde er nicht zulassen, dass sie ihn ohne Antworten einfach so stehen ließ.

In der Küche, wo sie eigentlich sein sollte, um ihre Arbeit zu verrichten, war sie nicht. Der Koch konnte ihm nicht wirklich weiterhelfen. Sie habe sich für heute krankgemeldet. Es sei das erste Mal gewesen. Mehr Informationen habe er nicht. In ihrer Unterkunft war sie auch nicht. Wahrscheinlich streunte sie wieder irgendwo über die Insel. Er fühlte sich wie ein Vater, der seinem kleinen Kind hinterherlief. Heute hatte er keine Lust, die ganzen Dünen und den Strand nach ihr abzusuchen.

Als Alex wieder auf dem Weg zurück zu seinem Büro war, sah er sie. Er blieb stehen und versteckte sich schnell hinter einer der Hütten. Tammy kam an der Seite von Dr. Kostic aus dem Haupthaus. Die beiden unterhielten sich miteinander. Er konnte nicht verstehen, was sie sagten. Die beiden gingen Richtung Wald. Weg vom Dorf. Zum Bunker. Alex sah auf seine Armbanduhr und ging zurück in sein Büro. Er hatte gleich noch einen Gesprächstermin.

Pünktlich auf die Minute, beendete er die Sitzung nach einer Stunde, hatte währenddessen ständig auf die Uhr geschaut und nachgedacht. Sein Entschluss stand fest. Er würde nachschauen, was es mit diesem Bunker auf sich hatte. Die Wahrheit schien zum Greifen nah, er musste seine Hände nur ein Stückchen weiter ausstrecken.

***

Ostsee
Tammy

Es war vollbracht. Sie musste tot sein. Tammy war in eine traumlose Welt gefallen, in der alles schwarz war und aus der sie allmählich wieder erwachte. Um sie herum immer noch alles dunkel und geräuschlos. Ihr Körper war nicht mehr ihr Körper, zumindest nahm sie ihn nicht mehr als den ihren wahr. Die Hände, die Füße, ihr Bauch, der Po, alles war ihr fremd. Was war passiert? Hatte sie ihren Plan endlich in die Tat umgesetzt? Sich das Leben genommen? War dies das Jenseits? War es kein paradiesischer Ort, wie ihn sich Milliarden von gläubigen Menschen vorstellten, sondern bestand es aus ewiger Stille und Dunkelheit? War das der Dank dafür, bis hierhin durchgehalten und sich durchs Leben gekämpft zu haben?

Eine Glühbirne, die von der Decke hing, erhellte plötzlich den Raum und Tammy kniff kurz geblendet die Augen zusammen. Sie öffnete die Lider vorsichtig wieder. Erst in diesem Moment wurde ihr klar, dass sie nicht tot war, sondern sich in irgendeinem Raum befand. Die Erinnerung, wie sie hierhergekommen war, fehlte. Ihr dämmerte, dass sie mit der komischen Ärztin gesprochen und einen Spaziergang über die Insel unternommen hatte. Aber wohin es gehen sollte, und was besprochen worden war, wusste sie nicht mehr. Tammy versuchte, sich in der unbekannten Gegend zu orientieren. Sah dieselben kalten Fliesenwände, den gleichen weißen Steinboden wie Manfred einige Tage zuvor. Den Fernseher, die Toilette samt Waschbecken und die Heizung neben sich. In einer der Ecken des Raums stand nun jedoch ein rechteckiger Holztisch.

Tammy versuchte, sich zu konzentrieren, um zu erkennen, was auf dem Tisch lag. Es schienen verschiedene Werkzeuge zu sein. Sie erkannte einen Hammer, eine Säge, einen Bolzenschneider und einen Akkuschrauber.

Die anderen Dinge, die sie sah, konnte sie nicht benennen. Tammy hatte sich nie für Heimarbeit oder Handwerk interessiert. Ein Teil sah beispielsweise aus wie eine Gabel, die an beiden Seiten zwei Zacken hatte und an einer Art Gürtel befestigt war. Ein anderes wie eine Halskette, mit etwa zehn Zacken, die nach innen zeigten. Das Ganze hatte etwas von einem Sadomaso-Studio.

Panik stieg in ihr auf und ihr wurde schlecht. Diese Werkzeuge lagen bestimmt nicht dort, weil jemand das Zimmer, in dem sie gefangen war, renovieren wollte.

***

Ostsee
Anton

Ein letzter tiefer Zug, dann warf er die Zigarette weg, drückte sie mit dem Fuß aus und betrat gemeinsam mit dem Professor den Bunker. Als junger Erwachsener hatte Anton mit seiner Freundesclique gern ›Lost Places‹ besucht, sinngemäß also vergessene Orte. Damals gab es einen kleinen Hype darum, vor allem im Internet. Junge Leute filmten sich bei der Erkundung alter Militäranlagen oder längst verlassener Gebäude und stellten es ins Netz. An vielen dieser Orte sollte es spuken. Sie waren zum Beispiel in den Hürtgenwald gefahren, in den Kreis Düren, bei Aachen. Dort hatte während des zweiten Weltkriegs, im Herbst 1944, einer der schwersten Kämpfe überhaupt getobt, von denen noch heute Spuren auf den Wanderwegen zu finden waren. Bunker, Stellungen, eine Panzerkette. Eine alte Mühle auf halber Strecke lud zum Essen ein. Der Mühlenbesitzer war nach Kriegsende auf eine der unentdeckten Minen getreten und gestorben. Noch heute verließ man im Hürtgenwald besser nicht die vorgezeichneten Wanderwege. Die Amerikaner nannten diesen Wald, wegen der vielen Todesopfer in ihren Reihen, auch Hurtgenwald. Schmerz. Das passte gut. Es war eine legendäre Schlacht gewesen, in der J. D. Salinger gedient und im Schützengraben die ersten Worte seines Weltbestsellers *Fänger im Roggen* geschrieben haben soll und auch Ernest Hemingway als Kriegskorrespondent vor Ort war. In der ein deutscher Arzt durch seinen humanitären Einsatz für beide Kriegsparteien große Bekanntheit erlangt hatte. Noch heute gab es Wanderer, die hier von seltsamen Erfahrungen berichteten, Schüsse oder Schreie längst verstorbener Soldaten hörten. Es war ein unheimlicher Ort. Ein anderes Mal waren sie in einer verlassenen Psychiatrie und einem alten Kloster gewesen, das so düster und verwinkelt war, dass sie fast nicht mehr herausgefunden hatten. Bewaffnet mit nichts als Taschenlampen. Er hatte es genossen, wenn die Mädchen angsterfüllt nach seiner Hand griffen und sie nicht mehr losließen. Wenn er der starke Beschützer sein konnte. Geister hatte er dabei zwar nicht gesehen, aber es war eine aufregende Zeit gewesen. Sie waren kleine Entdecker gewesen und hatten sich wichtig gefühlt.

Auch dieser Ort hier hatte etwas Mystisches. Wenn man die Augen schloss, konnte man sich in die Zeit zurückfühlen, als der Zweite Weltkrieg tobte. Schüsse, Schreie und Explosionen hören. Zeiten, an die Dokumentationen spät in der Nacht erinnerten, die er immer gern gesehen hatte, wenn er mal nicht schlafen konnte.

Anton folgte dem Professor durch den langen Gang. Die Geräusche seiner schweren Winterstiefel hallten durch den Bunker. Sie stiegen die Wendeltreppe hinab in die Dunkelheit. Der Professor sorgte für Licht. Anton stand vor der Tür. In seinem Gehirn ein Mikrochip, der bereit war, alles aufzuzeichnen, was von nun an geschehen würde. Dessen Daten die Welt verändern würden. Und er war ein Teil davon. Es war ein großartiges Gefühl.

»Vielen Dank, dass du mich hergebracht hast, Konstantin. Lass uns dann bitte allein. Ich sage dir Bescheid, sobald ich fertig bin.«

Euler nickte und machte sich auf den Rückweg, die Wendeltreppe hinauf. Anton wartete, bis sein Freund gegangen war, und atmete tief ein. Er öffnete die Tür und betrat Raum 211.

Es war lange her, dass er Tammy das letzte Mal gesehen hatte. Am Geburtstag seines Sohnes musste es gewesen sein, ein Tag im Sommer, und sie hatten im Garten gesessen und gegrillt. Damals hatte Anton gute Miene zum bösen Spiel gemacht. Heute war die Situation eine andere. Tamara saß auf dem Boden, festgekettet an ein Heizungsrohr. Sie sah zu ihm auf, schien ihn im ersten Moment nicht zu erkennen. Erst als sie seine Stimme hörte, veränderte sich ihr Blick und sie schien zu begreifen, wer da vor ihr stand.

»Hallo Tamara.« Anton schloss die Tür hinter sich und ging einen Schritt auf sie zu. »Schön, dass wir uns wiedersehen. Erzähl mal, wie ist es dir denn in der Zwischenzeit so ergangen?«

Tammy rüttelte und zerrte an ihren Fesseln. Ein vergeblicher Versuch. Es schien so, als probiere sie etwas zu sagen, doch schaffte es nicht. Er meinte das Wort »Schwein« von ihren Lippen ablesen zu können. Es war ihm auch egal. Er redete einfach weiter.

»Ein schöner Bunker, in dem wir hier sind, nicht wahr? Ein altes, sehr beeindruckendes Bauwerk aus einer Zeit, in der die Welt mal wieder im Krieg stand. Sind dir die roten Zahlen an den einzelnen Türen aufgefallen? Bestimmt, sie sind ja kaum zu übersehen. 176, 177, 183, 223, 303, 306 und so weiter. Weißt du, was sie bedeuten? Juristen verdienen ihr Geld mit diesen Zahlen. In meinem früheren Leben war auch ich einer von ihnen. Paragrafen sind die Grundlage unseres Rechts. Du bist hier in Raum 211. Das sollte dir schon einen Hinweis geben, wie es mit dir enden wird.«

Anton machte eine kurze Pause, gab ihr Gelegenheit, nachzudenken, das Gehörte zu verarbeiten. Dann führte er seinen Monolog fort.

»Unser Strafgesetzbuch ist in seinen Grundzügen schon sehr alt. 1871 wurde es im Deutschen Reich erlassen. Zu Bismarcks Zeiten. In Paragraf 211 heißt es heute: Der Mörder wird mit lebenslanger Freiheitsstrafe bestraft. Und in Absatz zwei wird konkretisiert: Mörder ist, wer aus Mordlust, zur Befriedigung des Geschlechtstriebs, aus Habgier oder aus sonstigen niederen Beweggründen, heimtückisch oder grausam oder mit gemeingefährlichen Mitteln oder um eine andere Straftat zu ermöglichen oder zu verdecken, einen Menschen tötet.«

Anton lachte aus voller Seele auf.

»Bei mir werden wohl mehrere dieser Punkte zutreffen, meinst du nicht? Nun gut. Jetzt, wo dir klar ist, wie es weitergeht: Lass uns beginnen!«

Er wandte sich von ihr ab und ging hinüber zu dem Tisch in der Ecke des Raums.

»Schau mal an, was wir hier haben! Werkzeuge aller Art. Das ist doch dein Spezialgebiet.«

Anton nahm einen der Gegenstände vom Tisch und näherte sich ihr wieder.

»Dieses schöne Stück hier beispielsweise ist die sogenannte Ketzergabel. Ein sehr beliebtes Folterinstrument im Mittelalter. Soll ich dir mal zeigen, wie es funktioniert?«

Anton befestigte die beiden entgegengesetzten Gabeln vertikal an Tammys Kinn und Brustbein und zog das Lederband am Hals fest.

Sie stöhnte auf.

»Sehr unangenehm, nicht wahr? Du solltest dich möglichst wenig bewegen, nicht sprechen und ganz wichtig: nicht einschlafen. Sonst bohren sich die Zacken sofort tief in deinen Körper.« Anton drehte sich um und ging abermals zum Tisch. Er kam mit einem anderen Gegenstand zurück.

»Das solltest du aber kennen. Eine Daumenschraube. Was viele nicht wissen: Sie wurde nicht nur entwickelt, um Finger und Zehen zu zerquetschen, sondern ist auch für Knie und Ellenbogen geeignet. Lass es uns probieren!«

Anton setzte das Gerät an ihrem Knie an. Die durch Gewinde miteinander verbundenen Backen zogen sich kurz darauf schraubenförmig zusammen. Mit Tammys dumpfem Schrei bohrten sich auch die Zacken der Gabel ein Stück tiefer in die Haut.

Anton musste grinsen.

»Das schnellste auf Erden, meinte Lessing einmal, ist der Übergang vom Guten zum Bösen.«

***

Ostsee
Gunnar

Nach dem Telefonat mit Matthias war er umso motivierter gewesen, sich erneut auf die Lauer zu legen, um seinen Freund mit neuen Informationen versorgen zu können, die hoffentlich noch mehr Licht ins Dunkel bringen würden.

Schon lange hatte Gunnar sich nicht mehr so jung gefühlt und solch einen Elan gespürt. Er strotzte nur so vor Energie, war in den Wald geeilt und hatte Fiete nach einer kurzen Übergabe abgelöst.

Die Ärztin sei wieder zum Bunker gekommen, berichtete dieser. Dieses Mal sei eine junge Frau mit auffälliger Frisur an ihrer Seite gewesen. Eine halbe Stunde später sei der ältere Arzt mit einem Mann gefolgt. Gunnar würde ihm nicht glauben, wer dieser andere Mann gewesen sei. Er habe ausgesehen wie der Justizminister, der so oft im Fernsehen zu sehen war, wie keiner der anderen Minister des Bundeskabinetts. Dieser eitle Fatzke. Außerdem sagte er, keiner der vier habe den Bunker in der Zwischenzeit verlassen und auffällige Geräusche habe Fiete seitdem nicht gehört. Er fragte sich, was die dort drin machten.

Gunnar bedankte sich, schickte Fiete, der sichtlich müde war, nach Hause in sein Bett und nahm seinen Platz im Versteck ein.

Er packte das Butterbrot, das er sich geschmiert hatte, aus der Alufolie aus und nahm einen ersten Bissen.

Während er aß, machte er sich Gedanken. Matthias hatte Recht gehabt. Es schien also tatsächlich zu stimmen, dass der Justizminister auf der Insel war. Doch was hatte er hier zu suchen? Wollte er sich wirklich nur einen Überblick verschaffen, wie das Projekt lief, oder steckte etwas ganz anderes dahinter? Gunnar glaubte nicht mehr an harmlose Zufälle, zu sehr war er überzeugt davon, einer größeren Verschwörung auf der Spur zu sein.

Gunnar fokussierte die Tür des Bunkers und traute sich kaum zu blinzeln. Zu groß seine Sorge, etwas zu verpassen. Sie konnten schließlich nicht ewig dort drin bleiben. Irgendwann würden sie wieder herauskommen müssen.

Er war so tief in seinen Gedanken versunken, dass er den Mann, der plötzlich hinter ihm stand, nicht hatte kommen hören.

»Wer sind Sie und was machen Sie hier?«, fragte dieser ihn mit lauter Stimme. Gunnar verschluckte sich an seinem Brot, musste husten.

Und jetzt?

***

Ostsee
Tammy

Früher, wenn sie als Kind oder Jugendliche beim Arzt gewesen war, hatte sie immer Schwierigkeiten gehabt, ihre Schmerzen zu beschreiben. Schmerz konnte so vielfältig sein und es gab so viele Wörter, um ihn zu charakterisieren: scharf, krampfartig, brennend, dumpf, drückend, elektrisierend, ausstrahlend oder kribbelnd zum Beispiel. Zum ersten Mal in ihrem Leben hatte Tammy das Gefühl, dass all diese Begriffe gleichzeitig auf das zutrafen, was sie seit einer gefühlten halben Ewigkeit spüren musste. Tammy hatte während dieses Martyriums jegliches Zeitgefühl verloren. Sie hatte den Geschmack von Blut im Mund. So als hätte man ein Treppengeländer aus Metall angefasst und dann den Finger in den Mund gesteckt. Ihre Gedanken waren nicht mehr im Hier und Jetzt, in diesem Raum. Ihr Leben zog wie ein Film an ihr vorbei, die schönen Momente, aber auch all die Fehler und das Scheitern. Ihre Eltern hatte sie nie kennengelernt. Die Mutter musste wohl sehr jung gewesen sein, wahrscheinlich einsam, unsicher und überfordert mit der Situation. Mutmaßlich eine ungewollte Schwangerschaft. Sie legte das Kind in die Babyklappe und meldete sich nie wieder. So wuchs das unerwünschte Kind abwechselnd im Heim und in Pflegefamilien auf. Manche waren in Ordnung, andere nicht. Einer der Väter zum Beispiel war Alkoholiker und schlug sie, so wie er es bei seiner Frau und den beiden leiblichen Kindern tat. Meist mit der flachen Hand ins Gesicht. Wenn das ihre Widerspenstigkeit nicht brach, auch mal mit dem Gürtel, Kochlöffel oder was sonst noch so in der Nähe war. Er war ihr körperlich überlegen, deshalb hielt sie es einfach aus und wehrte sich nicht. Nach einem halben Jahr nahm das Jugendamt sie wieder aus der Familie und brachte sie zurück ins Heim. ›Kindeswohlgefährdung‹ nannten es die Sozialpädagogen damals. Ein unbestimmter Rechtsbegriff. Im Kinderheim hatte sie keine Freunde, war misstrauisch den anderen gegenüber. Geriet ständig mit ihnen in Konflikte. Jeder Tag glich dem anderen. Was sich durch ihre ganze Kindheit und Jugend zog war das Gefühl von Einsamkeit und Fremdheit, das bis heute nicht von ihr gewichen war. Sie gehörte nicht in diese Welt, fand sie. Zu unterschiedlich war sie, im Vergleich zu allen anderen Menschen, so als gehöre sie einer außerirdischen Spezies an. »*Fremd bin ich eingezogen, fremd zieh' ich wieder aus*«, hieß es in Schuberts *Winterreise*. Das traf es sehr gut. Tammy trug ihren inneren Kampf nach außen. Versuchte, sich durch Tattoos, Piercings, auffällige Frisuren und ihren alternativen Kleidungsstil Ausdruck zu verleihen, um irgendwie Aufmerksamkeit von anderen zu bekommen. Doch was sie auch tat, sie ekelte sich, wenn sie in den Spiegel sah.

Antons Stimme riss sie in die Gegenwart zurück: »Kannst du noch, oder brauchst du eine Pause?«, fragte er, selbst schwer keuchend. Er stand wieder am Tisch, wahrscheinlich auf der Suche nach einem neuen Instrument, um sie zu quälen.

Tammy musste sich anstrengen, um überhaupt ein Wort über die Lippen zu bekommen.

»Hurensohn«, wisperte sie.

»Also, wenn ich dich richtig verstanden habe, kann es weitergehen. Schön. Was haben wir denn da?«

Er kam mit einem mit Wasser gefüllten Eimer zurück, der unter dem Tisch gestanden haben musste und stellte ihn neben ihr ab. Dann packte er sie an den Haaren und riss ihren Kopf wuchtig zurück. Tammy schrie auf. Sie spürte, wie er ihr einen Waschlappen auf Augen, Mund und Nase presste und hörte, wie er mit der anderen Hand nach dem Eimer griff. Dann bekam sie plötzlich keine Luft mehr und schluckte Wasser. Nichts, was sie je in ihrem Leben an Leid oder Qual erfahren hatte, war auch nur annähernd vergleichbar mit dem, was sie gerade erfuhr. So musste es sich anfühlen, wenn man erstickte oder ertrank. Diesen Tod wünschte sie niemandem.

Anton setzte den Eimer ab und riss ihr den Waschlappen vom Gesicht. Tammy hechelte nach Luft, hustete, übergab sich auf den weißen Fliesenboden. Ihr Bein begann krampfhaft zu zittern.

Anton beobachtete sie einen Moment, schien es zu genießen, wie sie litt. Am Waschbecken füllte er den Eimer wieder auf und kam zu ihr zurück.

»Bereit für eine zweite Runde?«

Eine Sekunde später spürte Tammy wieder den Waschlappen auf ihrem Gesicht und wünschte sich nichts sehnlicher, als einfach tot zu sein.

***

Ostsee
Konstantin

Zusammen mit Sanja saß er wie gebannt vor den Bildschirmen im Kontrollzimmer und beobachtete, wie

Anton den Eimer ein drittes Mal mit Wasser befüllte. Zwischendurch hatte sogar Konstantin mehrmals weggesehen, so grausam war der Anblick gewesen. Wenn man jemanden tötete, ging es meist sehr schnell. Man konnte dafür sorgen, dass es ohne Kampf und laute Geräusche über die Bühne ging. Es unkompliziert und unblutig halten. Folter war etwas ganz Anderes, etwas viel Schlimmeres. Hier legte man es darauf an, dass es schmutzig wurde.

»Reicht es nicht langsam mal?«, fragte Sanja ernst.

Konstantin schwieg. Er würde Anton unter keinen Umständen reinreden, sondern warten, bis dieser sich wie angekündigt meldete. Auch wenn er zugeben musste, dass er echt auf sich warten ließ.

»Es ist der falsche Zeitpunkt für Mitleid. Konzentriere dich bitte auf die Auswertung der Daten seines Chips. Wir sind zum Arbeiten hier.«

Sanja seufzte und stand auf. Sie musste zur Toilette.

Konstantin wartete, bis sie weg war und schaltete den Bildschirm aus. Er hatte genug gesehen. Den Kopf auf die Hände gestützt, fragte er sich, was Anton noch alles mit dem Mädchen vorhatte. Auch ihm musste klar sein, dass es keine Zeugen geben durfte und eine weitere verschwundene Person machte es nicht gerade einfacher, ein gutes Bild nach außen abzugeben. Belastbare Daten zu gewinnen war das eine. Es galt aber nun auch, das ganze Projekt reibungslos über die Bühne zu bringen. Viel zu sehr hatten sie sich schon in Gefahr gebracht und riskiert, jahrelange Arbeit in den Sand zu setzen. Die Verlockung, perfekte Daten zu gewinnen, machte scheinbar zu schnell leichtsinnig. Das hatte er in den letzten Tagen schmerzhaft lernen müssen. Die Leichenteile von Samir und seinem Bruder hatte er in der Nacht im Wald vergraben. Die Leiche von Manfred war von Dr. Sarin untersucht worden. Es handelte sich um einen tragischen Unfall, hatte man der Presse mitgeteilt. Man würde ihn bald auf dem Festland angemessen bestatten. Familie oder Angehörige gab es, bis auf einen guten Freund, nicht.

Konstantin rieb sich die Augen. Er war müde und sehnte sich in die Badewanne und dann das Bett seiner Stockholmer Hotelsuite. Es dauerte sicher noch ein paar Monate, bis er sie wiedersehen würde. Dann aber wäre er bereit, würde sich in feinste Kleider hüllen und den Nobelpreis entgegennehmen. Für einen Moment verlor Konstantin sich in seiner Zukunftsvision, die ihm immer half, sich besser zu fühlen und wieder auf das Wesentliche zu fokussieren. Auf einmal spürte er jedoch kaltes Eisen an seinem Hinterkopf und hörte eine ebenso kalte Stimme, die sagte: »Ein falsches Geräusch und ich puste dir das Hirn aus dem Schädel!«

***

Ostsee
Alex

»Wer sind Sie und was machen Sie hier?«

Alex wiederholte seine Frage, weil er keine Antwort von dem Fremden bekommen hatte, der hinter dem Busch hockte und verdutzt aus der Wäsche sah. Scheinbar hatte er ihn bei irgendetwas ertappt.

»Ich … ähh … wer sind Sie denn?«, stammelte der Mann und gab die Frage somit sofort zurück.

»Mein Name ist Alexander Twardoch und ich arbeite als Sozialarbeiter hier im Projekt. Das sollten Sie eigentlich wissen. Was machen Sie hier im Wald, so weit weg vom Dorf?«

»Ich … ich glaube, Sie … verstehen nicht recht. Ich bin kein Häftling. Ich lebe hier auf dieser Insel.«

Alex erinnerte sich daran, dass der Professor ihm von ein paar Einheimischen erzählt hatte, die sich weigerten, die Insel zu verlassen, obwohl nun Straftäter hier lebten. Bisher hatte er keinen von ihnen zu Gesicht bekommen und vermutet, dass sie mittlerweile doch gegangen waren.

»Dann muss ich mich entschuldigen. Ich dachte, Sie wären einer meiner Klienten. Die Frage, was Sie hier tun, stellt sich aber trotzdem.«

»Ich heiße Gunnar«, antwortete sein Gegenüber nur, blieb jedoch in seinem Versteck hocken, ganz so, als habe er immer noch Angst, dass ihn jemand sehen könnte. Sein Blick war nun wieder starr auf den Eingang des Bunkers gerichtet.

Alex meinte, eine große Unsicherheit in seinem Gesicht zu erkennen. Ihm wurde bewusst, dass es wohl etwas mehr Feingefühl benötigte, um aus seinem seltsamen Gegenüber schlau zu werden. Er hockte sich neben Gunnar und sprach nun deutlich leiser.

»Hey, sprich doch mit mir. Du kannst mir vertrauen. Ich will dir nichts Böses.«

»Ich soll dir vertrauen? Du gehörst doch zu denen.«

»Zu wem? Ich gehöre zu wem?«

»Tu doch nicht so blöd. Meine Freunde und ich wissen, was hier für Dinge passieren. Also halte dich lieber fern von mir und sorge dafür, dass es aufhört.«

»Das was aufhört?«

»Was passiert in diesem Bunker? Was macht ihr mit den Menschen, die darin verschwinden? Wird dieses Mädchen morgen auch als Leiche an den Strand gespült, so wie dieser Kinderschänder?«

Alex sah ihn ratlos an, verstand das alles nicht. Er hatte gesehen, wie Tammy und Sanja in den Wald gegangen waren. Dort gab es nichts außer den alten Bunker, den der Professor ihm vor einiger Zeit, an seinem zweiten Tag auf der Insel, gezeigt hatte. Und vor dem Bunker hockte nun dieser seltsame Typ im Busch und erzählte wirres Zeug, das jedoch sehr gut in das Bild passte, dass bei diesem ganzen Projekt etwas nicht stimmte. Alex wurde nun etwas eindringlicher.

»Hör mir zu, Gunnar. Hör mir wirklich gut zu. Ich bin ebenfalls hergekommen, weil ich herausfinden möchte, was hier los ist. Ich weiß es nicht, wirklich, und ich glaube, wir können einander helfen.«

»Einander helfen?«

Es raschelte. Einer der Wachmänner kam aus dem Wald und trat in die Lichtung vor dem Bunker. Er zündete sich eine Zigarette an und blieb vor dem Eingang stehen.

»Alles klar, ich links und du rechts.«

Mit diesen Worten verließ Gunnar das Versteck.

***

Berlin
Winfried

Wieder nichts. Erneut sprang nach andauerndem Tuten nur die Mailbox an und informierte den Anrufer darüber, dass zwar die richtige Nummer, nicht jedoch der passende Zeitpunkt gewählt worden sei. Die aufgezeichnete Stimme, die ihm so vertraut wie kaum eine andere auf dieser Welt war, bat darum, zu den üblichen Geschäftszeiten im Sekretariat anzurufen und dort einen Termin auszumachen.

Mensch, Anton, warum gehst du nicht endlich mal ran? Das war äußerst unüblich für ihn. Normalerweise war Anton jederzeit zu erreichen, ging immer an den Apparat, gerade wenn er die Nummer des Bundeskanzlers angezeigt bekam. Auch im Urlaub in den Alpen oder spät in der Nacht. Winfried konnte sich nicht erinnern, wann er ihn letztmals nicht erreichen konnte. Und nun hatte er bestimmt schon zwanzig vergebliche Anrufe abgesetzt. Er versuchte es sich damit zu erklären, dass auf der Insel vielleicht der Empfang schlecht oder das Mobilfunknetz durch Unwetter oder Schneetreiben zusammengebrochen war. Diese Gedanken waren jedoch wenig tröstlich, da ihm klar war, dass dann sofort die Mailbox angesprungen wäre und kein endlos langes Freizeichen ihn zur Geduld zwingen würde, die er noch nie in seinem Leben gehabt hatte.

Winfried gab es auf, versuchte nun wiederholt, den Professor zu erreichen, ebenfalls ohne Erfolg. Das gleiche Spiel bei Sanja. Es war zum Verrücktwerden. Sein mulmiges Gefühl verstärkte sich. Er wusste nicht, was auf der Insel los war und allmählich beschlich ihn eine dunkle Vorahnung, dass er vielleicht den falschen Menschen sein Vertrauen geschenkt hatte. Winfried hasste das Gefühl, das er hatte, wenn er zum Zusehen verdammt war und nichts tun konnte. Es zerfraß ihn geradezu innerlich. Er griff wieder zum Telefon und wählte die Nummer, bei der er am sichersten war, dass der Hörer abgenommen wurde. Nach dem zweiten Freizeichen wurde das Gespräch entgegengenommen und eine Frauenstimme meldete sich.

»Schatz, ich weiß nicht weiter«, sagte er.

***

Ostsee
Gunnar

Die Chance war gekommen. Einer der Wachmänner kam aus dem Wald, ging schnellen Schrittes auf den Bunker zu, vermutlich um seinen Dienst anzutreten. Er blieb vor der Tür stehen und zündete sich eine Zigarette an.

»Alles klar, ich links und du rechts«, sagte Gunnar und verließ das Versteck. Er schlich sich von hinten an den Wachmann heran, nahm ihn in den Würgegriff und drückte den Kopf fest zwischen Unterarm und Brustkasten. Er hielt den Griff, bis der Körper bewusstlos zusammensackte.

Der Sozialarbeiter schien in Schockstarre verfallen zu sein, er hatte sich nicht aus dem Versteck gerührt. Erst als Gunnar nun explizit andeutete, ihm zu folgen, trat auch er auf den Platz vor dem Bunker.

»Was hast du getan?«

»Der wird schon wieder wach werden. Nimm du den Schlüssel und öffne die Tür. Wir müssen ihn hier wegschaffen.«

»Aber, warum …?«

»Warum ich so etwas kann? Selbst wenn es schwer vorstellbar ist, ich war auch mal jung. Damals hat man bei der Bundeswehr noch gelernt, sich zu verteidigen. Man muss auch im höheren Lebensalter dafür sorgen, dass man fit bleibt. Und jetzt quatsch nicht so viel, wir müssen da rein!«

Gunnar warf Alex den Schlüsselbund zu und legte dem Bewusstlosen die Handschellen an, die dieser am Gürtel getragen hatte.

Alex suchte einen Moment nach dem richtigen Schlüssel, dann fand er ihn und konnte die Bunkertür öffnen.

Gunnar packte den Wachmann unter den Achseln und zog ihn durch die offene Tür ins Innere.

»Hinten links ist ein Raum, in dem der Stromgenerator steht. Such den Schlüssel. Da können wir ihn erst einmal ablegen.«

Alex verharrte und sah ihn abermals überrascht an. Vermutlich fragte er sich, warum Gunnar sich so gut in dem Bunker auskannte.

»Ich wohne schon mein halbes Leben auf dieser Insel. Ich kenne sie wie meine Westentasche. Vermutlich besser als jeder andere. Also los, wir dürfen keine Zeit verlieren!«, erläuterte Gunnar, obwohl Alex nicht gefragt hatte.

Alex schloss die besagte Tür am Ende des Korridors auf und Gunnar legte den Bewusstlosen ab. Dann deutete er auf den Schlüsselbund und Alex verschloss die Tür wieder.

»Erstes Problem gelöst. Weißt du, wie man mit so einem Ding umgeht?«

Gunnar deutete auf die Pistole in seiner Hand, die er dem Wachmann zuvor abgenommen hatte.

»Ehrlich gesagt, hatte ich noch nie eine Waffe in der Hand.«

»Gut, dann behalte ich die besser. Wir müssen vorsichtig sein. Es sind mindestens vier Personen hier im Bunker und ich weiß nicht, ob die auch bewaffnet sind oder wo das Mädchen ist.«

»Hinter dieser Tür ist ein Kontrollzimmer mit Bildschirmen, wo normalerweise die Wachleute sitzen.«

Jetzt war es Gunnar, der verdutzt schaute.

»Ich war hier schon einmal. An meinem zweiten Tag auf der Insel wurde mir der Bunker von meinem Vorgesetzten gezeigt. Im unteren Stockwerk, die Treppe runter, ist auch noch ein Raum. Ich weiß aber nicht, was sich darin befindet. Es hieß, da würden nur Putzmittel aufbewahrt.«

»Wer es glaubt, wird selig!« Gunnar stieß ein Lachen aus, das alles andere als fröhlich klang. »Also gut, du schließt die Tür auf und ich kümmere mich um alles Weitere. Halte dich dann einfach hinter mir und lass mich machen. Versuche den Schlüssel leise zu drehen, damit wer auch immer darin ist, keinen zeitlichen Vorsprung hat.«

Alex suchte den richtigen Schlüssel. Seine Hände zitterten vor Nervosität und er brauchte einen Moment, um ihn zu finden. Dann steckte er ihn vorsichtig ins Schloss, drehte ihn um, drückte die Klinke runter und öffnete die Tür einen Spalt. Die beiden spähten unauffällig hinein.

Der Professor saß allein am Tisch, vor schwarzen Bildschirmen, den Kopf auf die Hände gestützt. Sonst war niemand in dem Raum. Euler schien keine Notiz von ihnen genommen zu haben.

Gunnar legte den Finger auf den Mund und schlich sich in den Raum, näherte sich Schritt für Schritt dem Professor, bis er hinter ihm stand. Er hob die Pistole an dessen Hinterkopf.

»Ein falsches Geräusch und ich puste dir das Hirn aus dem Schädel!«

***

Ostsee
Sanja

Vor Schreck war ihr die Rolle Klopapier aus der Hand gefallen, als sie die Stimme des Fremden gehört hatte. Jemand war in den Bunker eingedrungen und er war bewaffnet, mit einer Pistole oder einem Gewehr. So viel war sicher. Und jetzt hatte er Euler in seiner Gewalt. Vielleicht waren es auch mehrere Eindringlinge. Es gab zwar keinen konkreten Anhaltspunkt dafür, doch konnte sie es trotzdem nicht ausschließen und musste die Eventualität berücksichtigen.

Okay, denk nach, Sanja. Und bleib vor allem ruhig. Es war wichtig, dass sie jetzt nicht vorschnell handelte, sondern ihre nächsten Schritte gut überlegte. Wer auch immer da im Kontrollzentrum war, schien keine Notiz davon genommen zu haben, dass es in dem großen Raum eine weitere Tür gab, die zur Toilette führte. Folglich konnten der Eindringling oder die Eindringlinge nicht davon ausgehen, dass noch eine weitere Person in ihrer Nähe war, die ihr oder ihnen gefährlich werden konnte. Dieses Momentum musste sie jetzt nutzen. Sie brauchte eine Waffe, ohne wäre sie dem Professor wohl keine große Hilfe. Sanja schaute sich um, doch fand auf der Toilette zunächst nichts, was sie zur Verteidigung hätte einsetzen können. Für einen Moment überlegte sie, ob sie einfach hierbleiben und warten solle, bis die Gefahr vorüber war, aber sie hatte sich geschworen, in ihrem Leben niemals feige zu sein und würde damit jetzt, wo es ernst wurde, nicht brechen.

Mensch, Sanja, du bist echt dumm, dachte sie plötzlich. *Du suchst hier auf der Toilette nach einer Waffe, obwohl du doch die Spritze noch in der Kitteltasche hast. Manchmal bleibt uns das Offensichtliche im ersten Moment verborgen.* Sanja nahm sie heraus und hielt sie ins Licht. Es war noch genug Flüssigkeit darin, um einen Menschen vorübergehend auszuknocken. Für mehr reichte es jedoch nicht mehr. Da sie sämtliche Medikation in ihrem Büro im Haupthaus aufbewahrte, musste sie mit dem klarkommen, was übrig war. Hoffentlich reichte es aus. Weil sie erst einmal davon ausgehen musste, dass es nur einen Eindringling gab, musste sie es wagen. Sie müsste nur einen Weg finden, um nah genug an ihn heranzukommen.

Die fremde Person sagte wieder etwas zu Euler, doch Sanja konnte es nicht verstehen. Sie kniete sich auf den Boden und drückte das Ohr an die Toilettentür.

»Los, antworte! Wer befindet sich noch in dem Bunker? Und wo ist das Mädchen?«

Verflucht. Wer immer der Mann war – die Stimme kam ihr überhaupt nicht bekannt vor und sie hatte ein hervorragendes Stimmengedächtnis –, er war scheinbar gut informiert und wusste von Tammy. Auch wenn er scheinbar ihren Namen nicht kannte. Sie hatten so lange und so hart an diesem Projekt gearbeitet und waren kurz davor, die Welt zu verändern. Sanja würde es nicht zulassen, dass ihnen das jemand so kurz vor dem Ziel kaputtmachte. Und wenn sie dafür ihr Leben aufs Spiel setzen musste. Das war es wert. Sie stand auf, versuchte sich zu sammeln, holte noch einmal tief Luft und öffnete die Tür.

»Vielleicht kann ich Ihnen helfen«, sagte Sanja mit fester Stimme, als sie in den Kontrollraum trat. Sie gab sich Mühe, selbstsicher zu wirken, sich keine Angst anmerken zu lassen. Zu überspielen, dass sie sich gerade in einer seelischen Ausnahmesituation befand. Mit einem Blick hatte sie den Raum und die Situation erfasst. Der Eindringling stand hinter Euler, die Waffe an seinen Hinterkopf gepresst. Der Professor hatte die Augen geschlossen, so als könne er damit aus der Realität entfliehen. Tatsächlich hatte sie den Mann mit der Waffe noch nie zuvor gesehen. Er sah ungepflegt aus mit seinem Bart und den zotteligen Haaren. Wie das klassische Klischeebild eines Obdachlosen. Etwas versetzt dahinter stand ein zweiter Mann. Den jedoch kannte sie sehr gut und es fiel ihr schwer, ihre Verwunderung zu verstecken.

»Alexander, was machen Sie denn hier?«

Der Sozialarbeiter öffnete den Mund, doch sagte nichts, schien durcheinander, suchte nach den richtigen Worten. Sie ließ ihm die Zeit.

»Wir möchten nur herausfinden, was hier los ist. Ich mache mir Sorgen um Tamara. Bitte sagt uns, wo sie ist!«

»Und deshalb stürmen Sie hier mit einer Waffe herein und bedrohen uns? Sagen Sie Ihrem Komplizen, dass er die Pistole bitte herunternehmen soll, und lassen Sie uns vernünftig miteinander reden. Tamara ist nicht hier.«

Es war also doch mehr als eine Person in den Bunker eingedrungen. Folglich musste sie umdenken. Das Medikament reichte schließlich nur für einen der beiden. Am wichtigsten war der Mann mit der Waffe. Er war aktuell die größere Gefahr.

»Wir wissen, dass das Mädchen hier im Bunker ist. Sie sollten also mit Ihrer Märchenstunde aufhören und zur Wahrheit kommen«, sagte der ältere Mann, die Pistole weiterhin auf Euler gerichtet.

Okay, neuer Plan. Sie musste mitspielen und eine Möglichkeit finden, sich dem Mann mit der Waffe zu nähern. Wenn sie ihn ausschaltete, konnte sie an die Pistole kommen. Dann hätte sie den entscheidenden Vorteil und würde weitersehen.

»Ich zähle bis drei. Dann haben Sie mir gesagt, wo das Mädchen ist. Andernfalls jage ich Ihrem Freund eine Kugel in den Schädel. Eins, zwei … «

»Halt! In Ordnung. Ich sage Ihnen, was Sie wissen möchten. Das Mädchen ist unten im Keller. Es geht ihr gut. Ich bringe Sie zu ihr. Aber bitte, bleiben Sie ruhig und nehmen Sie die Waffe runter.«

»Na also, geht doch. Dann bringen Sie uns dahin, und zwar sofort.« Er zwang Euler dazu, aufzustehen. Die Pistole weiterhin auf ihn gerichtet, blieb dicht hinter ihm.

»Ich muss an den Schreibtisch, um den Schlüssel für den Keller zu holen.«

»Dann bitte, aber keine falschen Bewegungen. Ich meine es ernst.«

Sanja näherte sich vorsichtig, die Hände erhoben, so als wolle sie ihm signalisieren: ›Ganz ruhig, ich tue dir nichts. Ich bin keine Gefahr.‹ Schritt für Schritt kam sie auf die beiden zu, beugte sich zu dem Schreibtisch hinunter, an dem der Professor eben noch gesessen und Raum 211 über die Bildschirme beobachtet hatte. Sie wühlte in der Schublade, öffnete eine andere, tat überrascht.

»Bitte, nehmen Sie doch die Waffe herunter. Ich bin schon völlig durcheinander. Ich muss den Kellerschlüssel noch in meiner Jacke haben. Dort drüben.« Sanja deutete auf einen Garderobenständer aus Eichenholz, der in einer der Ecken des Raumes stand, hinter dem Eindringling, und an dem tatsächlich ihre Jacke hing. Sie hob wieder die Hände und kam vorsichtig näher. Es war nur noch ein Meter bis zu den beiden. *Noch ein Schritt. Konzentriere dich, Sanja. Du hast nur eine Chance. Die musst du nutzen. Noch ein halber Meter.* Dann sprang sie raptusartig auf den Mann mit der Pistole zu. In der gleichen Bewegung zog sie die Spritze.

Ein Schuss hallte durch den Bunker.

***

Ostsee
Tammy

Anton hatte plötzlich von ihr abgelassen und sah hektisch um sich. Wie ein aufgeschrecktes Tier. Im oberen Stockwerk des Bunkers hatte es einen lauten Knall gegeben, der sich wie ein Schuss angehört hatte. Danach fing es an zu poltern. Sie hatte die Geräusche erst für eine akustische Halluzination gehalten, doch dies war scheinbar keine Einbildung gewesen. Anton hörte sie auch.

»Verflucht, was ist da los?«, murmelte er, mehr zu sich selbst als zu ihr. Er ging zum Tisch und schien zu überlegen, welches der Folterinstrumente sich am besten als Waffe eignete, um sich gegen mögliche Feinde zu verteidigen. Gegen eine Handfeuerwaffe schien keines der Instrumente geeignet zu sein. Schließlich entschied er sich für einen Holzstab, an dem, mit einer Metallkette verbunden, eine Kugel mit Zacken hing. Tammy wusste nicht woher, aber glaubte zu wissen, dass dieses Folterinstrument ›Morgenstern‹ hieß.

»Lauf nicht weg, ich komme wieder. Der Spaß ist noch nicht vorbei«, sagte Anton zu ihr und verließ den Raum.

Die Tür fiel schwer ins Schloss und Tammy war wieder allein. Mit sich und ihren Schmerzen. Sie war noch immer an das Heizungsrohr gefesselt und ohnehin viel zu kraftlos, sich aus ihrer Situation zu befreien. Es war ausweglos. Ihr blieb nur übrig, zu warten, bis Anton zurückkam und seine Arbeit vollendete. Tammy konnte nur hoffen, dass ihr Körper irgendwann aufgab und die Dunkelheit, aus der sie Stunden zuvor erwacht war, zurückkam und für immer blieb. Daran, dass im oberen Stockwerk zwei

Männer um ihr Leben kämpften, dachte sie nicht. Sie wollte nur, dass endlich alles aufhörte.

***

Ostsee
Alex

Es war alles blitzschnell gegangen und plötzlich waren da der Schmerz und dieses Pfeifen in den Ohren. Der Schall des Schusses war ungebremst auf die feinen Haarzellen seines Innenohrs getroffen, hatte scheinbar eine Art Knalltrauma ausgelöst. Alex hielt seine Hände auf die Ohren gepresst und die Augen geschlossen, in der Erwartung, dass es noch ein weiteres Mal knallen würde, dass ein zweiter Schuss fiel, doch alles, was er hörte, war ein heller Schrei von Sanja, gefolgt von einem schmerzerfüllten Stöhnen des Professors. Dann die Geräusche eines Kampfes. Das Pfeifen verschwand so schnell wie es gekommen war. Alex schüttelte sich und war bemüht, die Situation zu ordnen. Der Professor war zusammengesackt, hielt sich den linken Arm. Blut lief über seine Hand und tropfte auf den Boden. Vielleicht war es nur ein Streifschuss gewesen, der ihn getroffen hatte. Zumindest sah seine Verletzung, für einen Laien wie ihn, nicht lebensgefährlich aus. Gunnar und Sanja wälzten sich über den Boden, versuchten beide an die Pistole zu kommen, die zu Boden gefallen und unter den Schreibtisch gerutscht war. Alex überlegte nicht lange, hetzte zu den beiden, um Gunnar zu helfen. Er überlegte gar nicht erst, in den Kampf einzusteigen, sondern griff nach der Waffe, riss sie nach oben, zielte und brüllte:

»Sofort aufhören! Sonst schieße ich!« Es war ein seltsames Gefühl. Noch nie zuvor hatte er eine Waffe in der Hand gehabt. Alex war voller Adrenalin, spürte ein Gefühl der Macht. Er hatte nun die Kontrolle. Die Pistole war schwerer als er gedacht hatte. Und ihre Drohung verfehlte ihre Wirkung nicht. Sanja sah zu ihm auf. Diese kurze Sekunde der Ablenkung nutzte Gunnar, würgte sie, so wie er es zuvor mit dem Wachmann getan hatte. Sanja versuchte vergeblich, sich aus der Umklammerung zu befreien, doch sie war nicht stark genug. Es war ein ungleiches Duell. Ihre Hand näherte sich ihrem Kittel, aus dessen Tasche sie eine Spritze fingerte. Gunnar schien dies zu bemerken und drückte noch fester zu. Sekunden später sackte Sanja leblos zusammen, die Spritze fiel herunter und kullerte geräuschvoll über den Boden.

»Ich sollte echt noch mehr Sport machen«, keuchte Gunnar und es war Alex ein Rätsel, wie er in dieser Situation noch zu Scherzen aufgelegt sein konnte. Alex ging nicht darauf ein, richtete seine Waffe nun auf den Professor.

»Haben Sie etwas, um die Wunde abzubinden?«, fragte er ihn. Ohne eine Antwort abzuwarten, sah er sich um, ging rüber zu der Garderobe, griff nach einem Schal und warf ihn Euler zu. Dieser sah ihn einen Moment an, wie in Schockstarre, unfähig zu handeln. Dann begann er damit, die Wunde notdürftig abzubinden.

»Wir brauchen sterile Kompressen, Antibiotikum, irgendwas«, sagte Alex zu Gunnar.

»Das hat Zeit. Erst einmal müssen wir das Mädchen befreien und in Sicherheit bringen. Mein Freund hat mir gesagt, dass mindestens vier Personen in den letzten Stunden den Bunker betreten hätten. Einer von ihnen sei dieser Politiker aus dem Fernsehen gewesen. Der Minister. Er muss noch irgendwo sein.«

»Anton«, stellte Alex fest und erinnerte sich daran, wie Tammy ihm diesen Namen genannt hatte, nachdem er sie in den Dünen entdeckt und zurück in ihre Unterkunft gebracht hatte. Das Puzzle fügte sich zusammen, Stück für Stück. Bald würde er das fertige Bild erkennen können.

»Wahrscheinlich ist er bei ihr. Vielleicht bewaffnet. Wir müssen vorsichtig sein.« Gunnar hob die Spritze vom Boden auf, begutachtete sie einen Moment argwöhnisch und steckte sie in seine Tasche. Dann durchsuchte er Sanja, nahm ihren Schlüsselbund und das Funkgerät an sich.

»Hey du, wirf deine Schlüssel und dein Telefon rüber!«

Euler kam der Aufforderung unverzüglich nach und Gunnar kassierte auch diese Gegenstände ein. Schließlich wühlte er in den Schubladen des Schreibtischs nach einem Messer oder einer Schere, irgendetwas Spitzem, fand etwas Passendes und schnitt die Kabel des Telefons durch, das auf dem Tisch stand. Danach tat er dasselbe mit den Kabeln der Bildschirme, auf denen sonst die Bilder der Überwachungskameras zu sehen waren.

»Los, Junge, komm!«, sagte er. »Wir schließen sie hier so lange ein, bis wir zurückkommen.«

Alex folgte ihm zur Tür, immer noch die Pistole in der Hand. Gunnar öffnete sie und erschrak. Davor stand ein Mann.

Ehe einer der beiden reagieren konnte, schlug Anton auch schon zu.

***

Ostsee
Anton

Der Moment war gekommen. Wer auch immer in dem Kontrollzentrum war und die Tumulte verursacht hatte, näherte sich der Tür. Anton hatte dumpfe Stimmen gehört, die sich unterhielten, aber durch die robuste Stahltür nicht genau verstehen können, was gesprochen worden war. Es war auch egal. Diese Menschen waren ihm nicht gut gesinnt, da war er sich sicher. Er musste das Überraschungsmoment nutzen und durfte keine Sekunde zögern, wenn sie die Tür öffneten. Schließlich war ein Schuss gefallen und wer immer da im Besitz einer Handfeuerwaffe war, hatte ihm gegenüber dadurch schon einen großen Vorteil, den er irgendwie ausgleichen musste.

Anton atmete tief ein, spannte jeden Muskel seines Körpers an. Den Holzstab nahm er in beide Hände, hielt sie rechts neben seinem Hals, bereit, mit dem Morgenstern zuzuschlagen. Dann kam der Moment, auf den er sich körperlich und mental vorbereitet hatte. Die Tür öffnete sich und er holte weit aus. Schlug unvermittelt zu, noch bevor er sehen konnte, wer da vor ihm stand. Zuerst hörte er ein Knacken, so wie es sich anhören musste, wenn Knochen brachen. Dann bohrten sich die Zacken mit einem Schmatzen tief in menschliches Fleisch. Jemand schrie laut auf. Etwas fiel zu Boden. Eine Pistole.

Anton kannte den Mann, den er getroffen hatte. Es war der Sozialarbeiter, dem er am Morgen die Hand geschüttelt und sich ihm vorgestellt hatte. Hinter ihm ein älterer Mann. Sanja lag auf dem Boden. Sie war tot oder zumindest nicht bei Bewusstsein. Der Professor saß vor einem Schreibtisch und hielt sich den Arm. Es konnte nicht mehr als eine Sekunde gewesen sein, in der er diese Szenerie betrachtet hatte, mehr Zeit konnte er sich nicht nehmen. Dann holte Anton schon wieder aus und schlug ein zweites Mal zu. Der Getroffene hatte sich zur Seite weggeduckt. So ging sein Schlag dieses Mal ins Leere. Durch die Wucht geriet er leicht ins Stolpern, versuchte irgendwie, das Gleichgewicht zu halten. Im nächsten Moment wurde er schon zu Boden gerissen und die Waffe fiel ihm aus der Hand. Der alte Mann hatte sich auf ihn geschmissen und begrub ihn unter sich. Anton bekam plötzlich keine Luft mehr. Er spürte zwei starke Hände, die sich um seinen Hals gelegt hatten und mit enormer Kraft seine Luftröhre zudrückten. Die Blutzufuhr zum Gehirn war blockiert, es bekam nicht mehr genug Sauerstoff. Obwohl er auf dem Boden lag, wurde ihm schwindelig. Dann wurde es plötzlich hell. Was war das? Anton sah Lichtpunkte, die direkt vor seiner Nase tanzten. Er hörte ein Lachen, das eines Kindes. Die Schmerzen an seinem Hals nahm er nun nicht mehr wahr, ja es fühlte sich sogar gut an, wie im Rausch, wenn er Drogen konsumierte. Er verlor das Bewusstsein und fiel in ein tiefes schwarzes Nichts.

***

Ostsee
Gunnar

»Kannst du aufstehen? Komm, nimm meine Hand!«

Alex lag noch immer auf dem Boden. Seine Kleidung war an der Schulter zerfetzt. Es sah aus, als wäre er von einem wilden Tier angegriffen worden. Sein heller Pullover war an der Stelle, an der er von dem Morgenstern getroffen worden war, dunkelrot verfärbt. Frisches Blut. Gunnar konnte sich vorstellen, welche Schmerzen der Junge gerade durchlitt. Das änderte aber nichts daran, dass sie schleunigst hier raus mussten, bevor der Wachmann, die Ärztin und der Politiker aus ihrer Bewusstlosigkeit erwachten und sicherlich nicht tatenlos warteten, bis sie das Mädchen befreit und in Sicherheit gebracht hätten. Der Sozialarbeiter nahm wortlos seine Hand und er zog ihn hoch. Gunnar hob die Pistole auf. Dann verließen sie gemeinsam den Kontrollraum. Gunnar schloss ihn von außen ab.

»Setz dich hier hin und warte auf mich. Ich hole nur schnell das Mädchen, dann bin ich wieder da.«

Er wartete keine Antwort ab, ließ ihn zurück und stieg die Treppe in den Keller hinab. Es dauerte eine halbe Ewigkeit, bis er den Lichtschalter gefunden hatte und etwas sehen konnte. Hier gab es scheinbar nur einen Raum.

Gunnar fand schnell den passenden Schlüssel und öffnete die Tür. Das Mädchen saß auf dem Boden. Ihre Hände waren an ein Heizungsrohr gefesselt. Sie sah ihn mit einem Blick an, in dem etwas lag, was er nicht deuten konnte. Vermutlich war es Misstrauen.

»Hab keine Angst, Kleines. Wir sind hier, um dich zu befreien.«

Gunnar näherte sich ihr, nahm die Metallkette in die Hände, prüfte sie.

»Ich brauche etwas, um dich loszumachen.«

Sie stammelte etwas, undeutliche Worte. Er konnte sie nicht verstehen.

»Was sagst du?«

»Da … drüben.«

Er folgte ihrem Blick. In einer der Ecken des Raums stand ein Tisch, auf dem verschiedene Gegenstände lagen. Gunnar fand einen Bolzenschneider, eilte zu ihr zurück, setzte ihn an, drückte fest zu und … es funktionierte. Das Metall gab nach und die erste Hand war frei. Kurz darauf auch die andere. Die Ketten hatten rote Druckstellen an den Handgelenken hinterlassen. Auch im Gesicht blutete das Mädchen. Es hatte mehrere Platzwunden und Schwellungen. An ihren Kopf war eine Art Vorrichtung mit einem Ledergürtel angebracht. Gunnar befreite das Mädchen daraus.

»Schaffst du es, zu laufen? Warte, ich stütze dich.«

Gemeinsam taumelten sie aus dem Raum und die Treppe hinauf. Wie zwei Betrunkene nach einer langen Partynacht. Alex saß noch da, wo Gunnar ihn zurückgelassen hatte, mit dem Rücken an die Wand gelehnt. Er atmete schwer. Der Blutfleck war sichtlich größer geworden.

Gunnar erschrak. Jemand hämmerte mit den Fäusten gegen eine der Bunkertüren, brüllte unverständliches Zeug. Gunnar ließ sich davon nicht beirren.

»Komm schon, raus hier!«

Sie verließen den Bunker, Tammy immer noch von Gunnar gestützt, betraten die Lichtung davor und dann den Wald.

»Wohin jetzt?«, fragte Alex.

»Erst mal zu mir. Ich muss meine Freunde warnen und ein Telefonat führen. Dann müssen wir zusehen, dass wir alle schleunigst von dieser Insel herunterkommen, bevor die sich befreit haben.«

Kurz darauf hatte Gunnar seine Freunde zusammengetrommelt und ihnen in aller Kürze erzählt, was in den letzten Stunden passiert war. Sie saßen an dem runden Tisch in seiner Kneipe, an dem sie sonst unbeschwert Poker spielten oder sich über Gott und die Welt unterhielten, und sahen einander mit erschrockenen Mienen an. Monika hatte früher als Krankenschwester gearbeitet. Sie war noch einmal zu ihrem Haus geeilt, hatte Verbandszeug geholt und die Verletzungen von Tammy und Alex fürs Erste notdürftig versorgt. Trotzdem meinte sie, dass sie dringend einen Arzt bräuchten, der sie sich anschaute. Gunnar hatte währenddessen kurz den Raum verlassen und vergeblich versucht, Matthias anzurufen. Er hatte eine Mailboxnachricht mit dringender Bitte um Rückruf hinterlassen: »*Mensch, geh doch einmal ran, wenn ich dich brauche!*« Jetzt saß er wieder bei seinen Freunden, trommelte ungeduldig mit den Fingern auf der Tischplatte herum und behielt das Telefon dabei im Blick, fast so, als könne er es mit seinem hypnotischen Blick zum Klingeln bringen.

»Also hat jemand eine andere Idee, was wir jetzt tun und wie wir von dieser Insel herunterkommen?«, fragte er in die Runde.

»Warum rufen wir nicht einfach die Polizei? Jetzt mal ehrlich. Nach allem, was passiert ist«, antwortete Monika mit einer Gegenfrage.

»Das habe ich dir doch erklärt. Wir wissen nicht, wem wir noch vertrauen können. Das hier scheint eine größere Sache zu sein.«

»Ja, aber trotzdem, irgendetwas müssen wir ja tun. Wir können doch jetzt nicht hier sitzen und warten, bis Matthias sich meldet.«

»Ich unterbreche euch beide nur ungern.« Marek war von seinem Stuhl aufgestanden.

»Wenn ich Gunnar richtig verstanden habe, müssen wir uns beeilen und es ist nicht die Zeit für Diskussionen. Also, worauf warten wir noch? Lasst uns schon mal das Nötigste einpacken. Gegenseitige Vorwürfe können wir uns auch später noch machen.«

In diesem Moment klingelte das Telefon und Gunnar sprang auf.

***

Ostsee
Anton

Es hatte nicht lange gedauert, bis Anton wieder zu Bewusstsein gekommen war. Die Tür war verschlossen gewesen und er hatte einige Male wütend und vor sich hin brüllend dagegen geschlagen. Dann war er ein paar Schritte zurückgetreten, hatte Anlauf genommen und sich mehrmals mit all seiner Wucht dagegen geworfen, in der Hoffnung, die Tür irgendwie aus den Angeln zu heben. Es blieb erfolglos. Sie war zu robust. Schließlich hatte er von der Tür abgelassen und sich im Kontrollzentrum umgesehen. Er musste eine Möglichkeit finden, hier schnellstmöglich herauszukommen. Sie durften nicht entkommen. Das wäre eine Katastrophe.

Euler hatte sich nicht von der Stelle bewegt, saß noch immer vor dem Schreibtisch, hielt sich nach wie vor den Arm. Sah ihn mit flehenden Blicken an. In diesem Moment war nichts mehr übrig von dem selbstbewussten Mann, der die Welt verändern wollte und dabei bereit war, über Leichen zu gehen. Ein kleines Loch im Arm hatte alles verändert. Er jammerte wie ein Mädchen. Dieser Waschlappen.

»Ich brauche Dr. Sarin. Er muss sich um meine Wunde kümmern«, bettelte er geradezu.

»Erst mal müssen wir hier raus.«

Sanja gab plötzlich seltsame Geräusche von sich. Auch sie kam allmählich wieder zu Bewusstsein, erwachte wie aus einem Traum. Sie setzte sich auf, verwirrt, ratlos. Schüttelte sich.

»Was ist passiert?«, fragte sie.

»Keine Zeit für Erklärungen. Wie kommen wir hier raus? Gibt es irgendwo noch einen Schlüssel, ein Telefon, ein Brecheisen, irgendwas?«

»Sie haben die Schlüssel und Funkgeräte an sich genommen und die Telefonkabel durchgeschnitten«, antwortete Euler.

Anton verlor die Kontrolle und wurde laut.

»Es muss doch Vorkehrungen für den Notfall geben!? Verflucht noch mal! Welche Idioten haben denn dieses Projekt geplant?«

»Es bringt uns nichts, wenn du hier rumschreist. Wir kommen hier schon raus«, sagte Sanja mit erstaunlich ruhiger Stimme. Auch sie war nun scheinbar wieder klarer bei Verstand.

»Klar, rufen wir doch einfach einen Schlüsseldienst.«

»Auch Sarkasmus bringt uns nicht weiter, Anton.«

»Dann steuere doch bitte eine bessere Idee bei, anstatt dich nur über mich zu beschweren.«

Sanja schien zu überlegen.

»Wie viel Uhr haben wir?«, fragte sie plötzlich.

»Was soll das denn jetzt?«

»Sag mir doch einfach, wie spät es ist, du Trottel.«

Anton ignorierte die Beleidigung und sah auf seine Armbanduhr. Ein Luxusmodell von Piaget. Für das Geld kaufte manch anderer sich ein neues Auto. Einen Neuwagen. Blaues Ziffernblatt mit goldenem Zeiger und ebensolcher Umrandung. Er liebte dieses protzige Teil.

»Es ist kurz nach fünf.«

»17 Uhr. In fünf Stunden, um zehn, ist der nächste Schichtwechsel der Wachleute. Spätestens dann wird uns hier jemand finden und befreien.«

»Fünf Stunden? Bis dahin können die längst über alle Berge sein. So viel Zeit haben wir nicht. Ich sitze doch jetzt nicht hier rum, löse Kreuzworträtsel oder Sudoku und werde tatenlos zusehen, wie sie entkommen.« Anton griff nach dem nächstbesten Gegenstand, es war das Telefon mit dem durchgeschnittenen Kabel, und warf ihn auf den Boden. Er war so unendlich wütend. So viel menschliche Unfähigkeit war ja nicht auszuhalten. Er hatte es mit Dilettanten zu tun. Es musste doch etwas Besseres geben, als einfach zu warten und nichts zu tun.

»Ich fürchte, dir wird nichts anderes übrig bleiben.«

»Das wollen wir doch mal sehen.« Anton tigerte durch den Raum und dachte nach. Minutenlang. Dann kletterte er auf den Schreibtisch.

»Hey, was machst du da?« Sanja klang nun gar nicht mehr ruhig. Angst lag in ihrer Stimme.

Anton deutete auf den Rauchmelder an der Decke.

»Was ist mit den Dingern hier? Wenn es hier im Bunker brennen würde, wird dann irgendjemand darüber informiert oder so?«

»Keine Ahnung, ich habe mir das Brandschutzkonzept nicht durchgelesen.«

Anton nahm ein Blatt Papier vom Schreibtisch und fingerte ein Feuerzeug aus seiner Jackentasche.

»Dann finden wir das jetzt gleich heraus.«

***

Ostsee
Alex

Mit einem mulmigen Gefühl stieg er auf das Motorboot. Sie mussten zwar eng beieinandersitzen, aber es bot genug Platz für alle. Acht Personen und ein Hund, den Gunnar noch schnell aus seinem Haus geholt hatte und der wohl auf keiner Reise fehlen durfte. Auch das Tier wirkte verunsichert und eingeschüchtert.

»Es geht los. Haltet euch fest. Wir haben zwar scheinbar den Winter endlich überstanden, das Wasser ist so klar, wie lange nicht mehr, aber es ist ein bisschen windig heute.«

Matthias fuhr vorsichtig an, dann beschleunigte er abrupt und sie wurden in ihre Sitze gepresst. Gunnar hielt seinen Hund fest umschlungen und flüsterte ihm beruhigende Worte zu. Alex hatte die Kraft eines so kleinen Schiffes unterschätzt.

Wenige Minuten später sah die Insel schon wesentlich kleiner aus. Er konnte seine Gefühle in diesem Moment nicht in Worte fassen. Es war noch gar nicht allzu lange her, da war es andersherum gewesen, die Perspektive vertauscht. Er hatte auf einem Schiff gesessen, die Insel war vor ihm immer größer geworden und er war angespannt gewesen, voller Fragen. Wie es auf dieser Insel sein würde. Was sein neuer Job, was dieses Abenteuer bringen würde. Was für Menschen er kennenlernen und betreuen würde. Damit, dass es schon nach wenigen Monaten vorbei sein würde, hatte er nicht gerechnet. Auch nicht damit, was er erleben und wie es enden würde. Lebensgefahr war ein Begriff, den er eigentlich nur aus Sendungen im Fernsehen kannte. Wenn Polizisten, Feuerwehr oder Notärzte im Nachmittagsprogramm Menschenleben retteten. Doch jetzt wusste er, was es hieß und vor allem, wie es sich anfühlte.

Alex hatte die Insel als ängstlicher und unsicherer junger Mann betreten. Verlassen hatte er sie mit sehr viel mehr Mut. Das wurde ihm in diesem Moment klar. Immerhin etwas. Es seien nur wenige Kilometer übers Wasser zum Festland und sie wären nicht lange unterwegs, hatte Gunnar gesagt. Dort hatte Matthias sein Auto geparkt und würde sie erst einmal in Sicherheit bringen. Wohin, wusste Alex nicht. Mehr hatte Gunnar nicht erzählt. Nur, dass Matthias ein guter Freund sei, dem er voll und ganz vertraue, und er sie fortbringen würde. Dann würden sie weiterschauen. Einen konkreten Plan gäbe es noch nicht.

Sie waren unverzüglich aufgebrochen und Alex hatte alles zurückgelassen. Sein Handy, seinen Koffer samt Kleidung, sogar seine Zahnbürste. Er besaß nur noch das, was er am Körper trug. Es war kein schönes Gefühl, doch es war zu risikoreich gewesen, noch einmal ins Haupthaus und sein Appartement zurückzukehren, um seine Sachen zu holen. Vielleicht hatten sie sich schon aus dem Bunker befreien können und suchten nach ihnen. Vermutlich wussten schon alle auf der Insel Bescheid, dass sie eine Gefahr waren und man sie loswerden musste. Das Risiko war zu groß gewesen, jemandem in die Arme zu laufen.

Alex hatte Mühe, sich festzuhalten. Noch immer peitschte Matthias mit seinem Boot über das Wasser. Die Schmerzen in Alex' Schulter waren nicht besser geworden. Bei jeder ruckartigen Bewegung gab es zudem einen heftigen Stich, der ihn zusammenzucken ließ. Früher oder später würde es sich ein Arzt angucken müssen, da war er sicher. Ihm wurde bewusst, dass seine Krankenversichertenkarte, sein Personalausweis, der Führerschein und alle anderen wichtigen Dokumente, noch in seinem Portemonnaie im Büro waren. Ohne sie war er aufgeschmissen. Er war nun ein Mann ohne Identität und wusste nicht, wie er sie wiedererlangen sollte. Es war nicht zu ändern. Alex dachte an seine Mutter, bei der er sich schon so lange nicht mehr gemeldet hatte und die sich bestimmt längst Sorgen um ihn machte. Der kleine Junge so weit weg. Wenn all das vorbei war, würde er sie anrufen. Er müsste sich nur die richtigen Worte überlegen, um ihr all das zu erklären. Wenn es die überhaupt gab.

***

Ostsee
Anton

Sein Plan hatte funktioniert. Etwa zehn Minuten später wurde die Stahltür aufgeschlossen und sie befreit. Dr. Sarin hatte gerade einen Patienten, der sich bei der Küchenarbeit in die Hand geschnitten hatte, behandelt, als im Haupthaus ein Alarm ausgelöst worden war. Glücklicherweise hatte zumindest einer das Handbuch gelesen und scheinbar gewusst, was zu tun war. Sarin war mit einigen Wachen zum Bunker geeilt, bewaffnet mit kleinen Handfeuerlöschern und hatte erschrocken geschaut, ob des Anblicks, der sich ihm bot. Statt Feuer zu löschen, hatten sie Euler ohne Umschweife ins Haupthaus gebracht, um sich dort im Behandlungszimmer um seine Schusswunde zu kümmern. Anton dagegen war sofort aus dem Bunker gestürmt, wortlos, und hatte die halbe Insel abgesucht, doch keine Spur von den Flüchtigen gefunden. Er hatte Scheiben eingeschlagen und ihre Häuser durchsucht. Sie standen leer. Es sah so aus, als hätten sie alles zurückgelassen und wären sofort aufgebrochen. Sie mussten ein Boot haben, irgendetwas, um die Insel zu verlassen. Und nun waren sie einfach weg. Verschwunden. Es war nicht auszumalen, was das zu bedeuten hatte. Es gab jetzt Zeugen. Das Experiment war gescheitert. Jahrelange Forschung und Millionen von Euro in den Sand gesetzt.

Großartige Daten und Erkenntnisse für die Tonne. Nein, das durfte nicht wahr sein. Das konnte er nicht zulassen. Er brauchte einen Plan, musste sie finden und ein für alle Mal ausschalten. Sie hätten sich niemals mit ihm anlegen sollen. Es würde ihren Untergang bedeuten. Er musste die Geschichte irgendwie umschreiben.

Anton stand an den Felsen auf der Klippe und sah hinaus aufs Wasser. Auf die See, die für viele so beruhigend wirkte, dass sie als Touristen hier Jahr für Jahr Urlaub machten. Er brüllte. Schrie sich die Seele aus dem Leib. Nur sein Echo als Antwort. Minutenlang. Dann atmete er schwer. Es ging ihm etwas besser. Anton beruhigte sich. Wut, Frustration, Enttäuschung. Emotionen und andere Gefühle hatten gerade keinen Platz. Er musste rational und bei Verstand bleiben. Ihm wurde klar, dass er dringend ins Haupthaus und einen Anruf tätigen musste. Danach würde er sich um alle weiteren Schritte kümmern.

***

Berlin
Winfried

Eine Stunde. So lange würde er sich selbst Bedenkzeit geben, bis er eine Entscheidung traf. Länger nicht. Winfried stand vor dem Mausoleum der Königin Luise im Schlossgarten Charlottenburg und begann seinen Spaziergang durch den fünfundfünfzig Hektar großen Park. In einer Stunde würde er seinen Rundweg an derselben Stelle beenden, so wie er es schon unzählige Male in seinem politischen Leben getan hatte. Er liebte diesen Ort mit seinen wundervollen Grünflächen und dem See in der Mitte, über den eine romantische rote Brücke führte, die frisch verliebte Paare dazu einlud, ein Selfie mit Sicht auf das Schloss zu schießen. Es hatte den preußischen Königen fast 200 Jahre als Sommerresidenz gedient.

Ein klares zeitliches Ultimatum zu haben, war wichtig, damit er die Entscheidung endlich traf und nicht weiter aufschob. Einen Entschluss darüber, ob er sein Amt als Bundeskanzler aufgeben und sich vollständig aus der Politik zurückziehen sollte. Es war schon eine Ironie des Schicksals, dass seine politische Karriere vielleicht an dem Ort zu Ende ging, an dem er sich vor vielen Jahren entschieden hatte, sie überhaupt zu beginnen. Voller Überzeugung. Diesmal wollte er zumindest seine Frau nicht in die Entscheidung involvieren. Das war etwas, wo er allein durchmusste.

Sollte sie tatsächlich so ausfallen, dass es das Ende bedeutete, würde er den Bundespräsidenten um ein Gespräch unter vier Augen bitten und ihm unmissverständlich klar machen, dass er zurücktreten werde und ein Nachfolger zu benennen sei. Natürlich hatte er die Möglichkeit, sich einem Misstrauensvotum im Bundestag zu stellen, der sogenannten Vertrauensfrage, um zu sehen, ob die Mehrheit der Abgeordneten noch hinter ihm stand oder nicht. So wie Willy Brandt, Helmut Schmidt und Gerhard Schröder es getan hatten. Große Namen aus einer Vergangenheit, die niemals mehr zurückkommen würde. So sehr er diese bedeutenden Persönlichkeiten schätzte, wollte er dennoch nicht ihr Schicksal teilen. Winfried wollte selbst entscheiden, ob er ging oder blieb, würde vollständig die Kontrolle behalten und aus freien Stücken handeln.

Das vergangene Jahr war so kräftezehrend gewesen, wie noch nie eines in seinem Leben. Da war seine Frau, die einsam zu Hause war, während er von Termin zu Termin hetzte und ihr nicht die Aufmerksamkeit schenkte, die sie nach all den Jahren der Ehe und gegenseitigen Unterstützung verdient hatte. Seine Tochter, die sich immer weiter von ihm und der Welt zurückgezogen hatte. Ihre postnatalen Depressionen, mit denen er ihr nicht helfen konnte, auch wenn er nichts mehr gewollt hatte als das. Mia und Ben, die gekommen und gleich wieder gegangen waren. Viel zu früh. Zwei Engel, die er niemals aufwachsen sehen würde. Die Berichte in den Zeitungen, im Radio und im Fernsehen, die überall waren und denen er nicht entkommen konnte. Dann die zunehmende Kritik und die Vorwürfe seiner politischen Gegner, aber auch in der eigenen Partei. Dieses Projekt in der Ostsee hatte ihn retten und seine Tochter erlösen sollen. All seine Hoffnungen, sein ganzes Vertrauen und, nicht zu vergessen, sehr viel Geld hatte er hier reingesteckt. Und nun sah es so aus, als würde auch das scheitern und nur noch mehr schlechte Presse hervorrufen. Er war am Ende. Winfried überlegte hin und her, wog Argumente ab, für das eine, für das andere. Versuchte, sie nach ihrer Bedeutung zu gewichten.

Sein Rundweg war gleich zu Ende und er bemerkte, dass seine Schritte langsamer wurden, nicht am ausgegebenen Ziel ankommen wollten. Als könne er die Entscheidung so zumindest noch ein paar weitere Minuten aufschieben.

Er konnte schon das Mausoleum sehen, als sein Telefon klingelte. Normalerweise stellte er es auf stumm, wenn er hier war und nachdachte. Heute hatte er es vergessen. Einen Moment überlegte er, ob er den Anruf nicht einfach wegdrücken sollte. Dann entschied er sich, ihn entgegenzunehmen. Vielleicht gab es einen Grund, dass er gerade heute vergessen hatte, sein Handy auszuschalten. So etwas sollte es geben. Möglicherweise bekam er nun den entscheidenden Impuls.

»Winfried, gut, dass ich dich erreiche.« Der Anrufer klang gehetzt, so als habe er gerade einen Sprint hinter sich.

»Anton, ich habe dich Dutzende Male angerufen. Wo bist du?«

»Auf der Insel. Genauer gesagt, im Haupthaus. Ich war eingesperrt und hatte keine Gelegenheit zu telefonieren.«

»Was ist denn da los bei euch?«

»Eine der Inhaftierten ist Amok gelaufen. Hat Sanja, Konstantin, einen Wachmann und mich verletzt. Einer der Mitarbeiter – dieser junge Sozialarbeiter – und die Widerständler haben ihr bei der Flucht geholfen. Das war alles von langer Hand geplant. Scheiße. Wir müssen diese Leute kriegen. Koste es, was es wolle.«

Winfried schluckte. Das wurde ihm alles zu viel.

Die Entscheidung war getroffen.

Er würde zurücktreten und Anton als seinen Nachfolger vorschlagen. Seine Frau hatte recht gehabt, Politik war eben ein Spiel für junge Männer.

***

Irgendwo in Norddeutschland
Tammy

»Rutsch mal ein Stück rüber, ich will das hören!« Sie quetschte sich neben Gunnar und Fiete auf die kleine Ledercouch, griff die Fernbedienung und erhöhte die Lautstärke.

»Gleich zu Beginn unserer Sendung, haben wir jedoch eine ganz aktuelle Fahndung …«

Seit sie ein Kind war, liebte sie Aktenzeichen XY ungelöst. Zuerst hatte sie es regelmäßig mit ihren Eltern und später, als sie älter wurde und nicht mehr zu Hause lebte, allein geschaut. In all den Jahren verpasste sie fast keine Folge. Und wenn doch, holte sie das meist in den Tagen danach in der Mediathek im Internet nach. Für Tammy war schon immer eine ungeheure Faszination von dem Bösen ausgegangen und die beschriebenen Fälle ließen sie frösteln. Warum wurde aus einem unauffälligen Familienvater von einem Tag auf den anderen ein Mörder? Warum beraubten und betrogen Menschen einander? Schlugen jemanden zusammen? Stachen mit einem Messer auf ihn ein? Warum missbrauchten und vergewaltigten sie Schwächere? Solche Fragen beschäftigten sie. Und dann war sie selbst zu so jemandem geworden, merkte, wie schnell es gehen konnte, dass man die Perspektive wechselte. Wie dünn die Eisschicht war, auf der wir ein Leben lang tanzten. Trotzdem hatte sie sich niemals vorstellen können, dass ihr Gesicht einmal als Fahndungsfoto in ihrer Lieblingssendung auftauchen würde.

»Tamara Degner ist nunmehr seit mehr als einer Woche flüchtig. Bei ihrer Flucht aus dem liberalen Wohnprojekt in der Ostsee

wurden mehrere Mitarbeiter zum Teil erheblich verletzt. Nach aktuellem Stand der polizeilichen Ermittlungen, hatte sie bei ihrer Flucht Hilfe von mindestens sechs weiteren Personen, die ebenfalls dringend gesucht werden. Darunter ist auch ein Mitarbeiter des Wohnprojekts, der dort als Sozialarbeiter beschäftigt war. Kommen wir nun zu den Namen und Phantombildern der Gesuchten.«

Tammy schluckte. Tatsächlich, jetzt suchten sie auch schon im Fernsehen nach ihnen. Gunnars Freund hatte sie mit einem Geländewagen abgeholt und ohne Umwege hierhergefahren. Sie wusste nicht, wo genau sie waren. Irgendwo in Norddeutschland. Es war eine Holzhütte im Wald, die er zu Ferienzeiten normalerweise an Touristen vermietete, die hier ihre Ruhe haben, abschalten und in der Natur wandern gehen wollten. Hier wären sie erst einmal in Sicherheit, genug Lebensmittel für ein paar Wochen seien vorhanden und er käme vorbei, wenn sie etwas brauchten. Sie mussten irgendwie einen Weg finden, der Öffentlichkeit klarzumachen, was wirklich passiert war und dass sie unschuldig waren. Matthias versprach, ihnen mit allen Mitteln dabei zu helfen. Dieser Fernsehbeitrag trug jedoch nicht gerade dazu bei.

»Sollten Sie Tamara Degner oder einem ihrer Gehilfen begegnen, seien Sie bitte vorsichtig, da sie gefährlich und möglicherweise bewaffnet sind. Bringen Sie sich nicht unnötig in Gefahr, sondern melden sich bei der Polizei. Sachdienliche Hinweise nimmt jede Polizeidienststelle entgegen. Oder Sie melden sich hier im Aufnahmestudio. Die Leitungen sind wie gewohnt bis heute Nacht um 1:30 Uhr besetzt. Und nun kommen wir zu unserem ersten regulären Fall …«

Tammy schaltete den Fernseher ab. Stand auf, ging im Wohnraum auf und ab. Rastlos.

Alex kam gerade aus der Küche und reichte ihr einen Teller mit selbstgemachten Sandwiches.

»Hier, du musst was essen!«

Sie nahm den Teller wortlos entgegen. Alex sah sie mitfühlend an.

»Hey, ich weiß, du machst dir große Sorgen. Aber es wird alles gut werden. Das verspreche ich dir.«

Dann nahm er sie ohne Vorankündigung in den Arm. Tammy ließ es geschehen. »Danke«, flüsterte sie nur und seine Worte hallten in ihrem Kopf nach. *Alles wird gut werden.*

Alex löste die Umarmung, schenkte Tammy noch ein aufmunterndes Lächeln und verließ den Wohnraum. Er ging in das kleine Bad am Ende des Flurs und verschloss die Tür. Dann sah er sich eine Weile ausdruckslos im Spiegel an. Die dunklen Augenringe sahen schlimm aus. Sie waren die Zeugen der Verzweiflung der letzten Tage. Die Situation erschien aussichtlos und er wusste noch immer nicht, wie sie ihr entkommen konnten. Man suchte sie mittlerweile europaweit. Seit seiner Flucht hatte er sich noch immer bei niemandem gemeldet. Vermutlich hatte auch seine Mutter schon sein Gesicht im Fernsehen gesehen und fragte sich, was in aller Welt nur mit ihrem Sohn geschehen war. Alex sah sich noch einen Moment im Spiegel an. Schließlich drehte er den Wasserhahn auf und benetzte sein Gesicht mit kaltem Wasser. Es tat gut und für einen Moment fühlte er sich wieder lebendig.

Plötzlich spürte er einen Stich im Nacken. Er tastete mit seiner Hand nach der Stelle. Dass seine Schulter schmerzte, war er mittlerweile gewohnt und mit den Schmerzmitteln würde er irgendwie die Zeit überbrücken können, bis sich endlich ein Arzt die Sache anschauen konnte. Scheinbar strahlte der Schmerz nun bis in den Nacken aus. Alex konnte mit seiner Hand nichts Ungewöhnliches ertasten und versuchte daraufhin, seinen Nacken im Spiegel zu erkennen. Und dann sah er sie. Eine kleine, unscheinbare Narbe an seinem Hinterkopf.

Epilog

Frankfurt
Sanja

»Noch fünf Minuten.«

Sanja hob wortlos den Daumen, um dem PR-Berater zu signalisieren, dass sie ihn verstanden hatte. Sie musste aufpassen, dass sie sich nicht zu ruckartig bewegte, damit sie die Visagistin, die gerade mit einem filigranen Pinsel ihr Gesicht bearbeitete, nicht bei der Arbeit störte. Kurz darauf war diese fertig und fragte höflich, ob noch etwas zu ihrer Zufriedenheit fehle. Sanja sah sich im Spiegel an. Die Haare waren frisch gewaschen und gestylt, sie erkannte keine Hautunebenheiten oder Rötungen mehr. Auch die kleine Narbe am Kinn, die sie von einem Fahrradunfall als Kind hatte, war bedeckt. Perfekt. Auf Bildern fand sie sich oft hässlich, so wie wohl jeder es mehr oder weniger kannte, doch in diesem Moment fühlte sie sich einfach nur wunderschön. Wie aus einem Märchen. Eine Frau sollte mit ihren Reizen spielen und sie zu ihrem Nutzen einsetzen. Davon war sie überzeugt. Gerade an einem Tag wie heute, der alles verändern würde.

»Es ist alles zu meiner vollsten Zufriedenheit, wie immer. Ich danke Ihnen, Mira. Sie sind ein Goldstück.«

Die Visagistin lächelte.

»Wie immer, sehr gern. Ich drücke die Daumen und wünsche Ihnen gleich viel Erfolg.«

»Das ist lieb von Ihnen. Es wird schon alles glatt gehen.«

Sanja erhob sich aus ihrem Stuhl. Sie war kaum aufgestanden, schon kam ein anderer Mitarbeiter auf sie zu, brachte ein Mikrofon an, verkabelte sie, prüfte, ob alles richtig saß. Er sprach zusammenhangloses Zeug in das Mikrofon und war zufrieden. ›Soundcheck‹ nannte er es. Alles schien zu funktionieren. Er nickte ihr zu und sie erwiderte die Geste freundlich. Schließlich verließ Sanja den Raum, ging durch einige vertraute Flure – ihr Puls stieg langsam, aber sicher an – und betrat den Presseraum des Pharmakonzerns. So viele Journalisten in einem Raum hatte sie noch nie zuvor gesehen. Unverzüglich wurde sie von Blitzlicht geblendet. Unzählige Kameras und Fotoapparate wurden ausgelöst, auf der Jagd nach dem einen Bild, das sich am besten für die Titelseite eignete. Sie waren wie Raubtiere, die um ihre Beute kämpften. Die Marketingabteilung hatte im Vorfeld gute Arbeit geleistet, die Erwartungshaltung bei den geladenen Journalisten war scheinbar groß.

Sie betrat das Podest und setzte sich auf den reservierten Platz, auf dem ihr Namensschild stand. Daneben ein Glas und verschiedene Getränke. Wasser, zuckerfreie Cola, Apfelsaft. Neben ihr saß Euler. Seine Schusswunde war gut verheilt und unter einem weißen Laborkittel versteckt. Er trug ihn vermutlich, um möglichst authentisch zu wirken. Sie erkannte aus der Nähe die Schweißperlen auf seiner Stirn und ekelte sich einen Moment. Das musste die Aufregung sein. Dann verwarf sie den Gedanken und konzentrierte sich auf ihre Aufgabe.

Sie räusperte sich kurz, dann sprach sie mit fester Stimme in ihr Mikrofon: »Meine Damen und Herren, schön, dass Sie heute so zahlreich hergefunden haben. Lassen Sie uns mit der Pressekonferenz beginnen. Wir werden in der kommenden Stunde die Ergebnisse unserer Forschung vorstellen und den Beweis dafür liefen, dass es keinen freien Willen gibt. Mit anderen Worten, Sie werden heute Zeuge eines historischen Tages für die Menschheit.«

***

Berlin: Bundesregierung steht nach Forschungsdurchbruch unter Druck – gibt es bald keine Gefängnisse mehr?

»Die Gedanken sind frei, wer kann sie erraten? Kein Mensch kann sie wissen, kein Jäger sie schießen. Es bleibe dabei, die Gedanken sind frei.«

Wer kennt dieses berühmte Kinderlied nicht, das aktuell wie kein anderes für den gesellschaftspolitischen Zündstoff steht. Die Antwort lautet: Prof. Dr. Konstantin Euler. Er kennt die Gedanken der Menschen und weiß, dass sie eben nicht frei sind. Wie lange haben Hirnforscher auf der einen Seite und Religion und Philosophie auf der anderen, über diese Frage diskutiert, die nun scheinbar endlich beantwortet werden konnte. Bewiesen hatte Euler es in groß angelegten Untersuchungen und Experimenten, die nach eigener Angabe bereits seit 2020 durchgeführt wurden. Zuletzt sei dafür auch das Wohnprojekt in der

Ostsee genutzt worden, in dem Straftäter in einer freien Form zusammenlebten – wir berichteten in früheren Ausgaben über das Projekt. Dabei seien ethische Standards jederzeit eingehalten worden. Wer neben den freiwilligen Probanden sonst noch von diesem Unterfangen gewusst hat, ist bisher nicht klar. Dass die Regierung, nach eigenen Angaben, bis zum Zeitpunkt der Veröffentlichung nicht eingeweiht war und sich überrascht gibt, lässt sich nur schwer glauben. Sowohl der Bundeskanzler, dessen Rücktritt gestern bekannt wurde als auch der Justizminister, der als sein Nachfolger im Gespräch ist, wollten zu dieser Frage bis heute keine Stellungnahme unserer Redaktion gegenüber abgeben. Aus Regierungskreisen hieß es lediglich, der Rücktritt des Bundeskanzlers sei aus persönlichen Gründen erfolgt und stehe nicht in Zusammenhang zu den aktuellen Entwicklungen. Mehrere unabhängige Wissenschaftler kündigten an, die Forschungsstudie auf ihre formale und inhaltliche Richtigkeit zu prüfen Dies könnte einige Zeit in Anspruch nehmen. Doch was passiert, wenn es wirklich keinen freien Willen der Menschen gibt? Kann jemand überhaupt von einem Gericht verurteilt werden, wenn er keine Verantwortung für seine Taten trägt? Gibt es vielleicht bald sogar keine Gefängnisse mehr? Doch wie sollte man diese Menschen wieder in die Gesellschaft integrieren? Viele Fragen, aber noch keine Antworten. Prof. Dr. Euler kündigte auf Nachfrage gegenüber unserer Redaktion an, dass es ein vielversprechendes Medikament gäbe, mit dem Straftäter therapiert werden könnten. Dieses Medikament werde bald Marktreife erlangen. Der Drang, Straftaten zu begehen, würde damit vollständig unterdrückt. Es sei eine

Wunderwaffe im Kampf gegen Kriminalität. Selbst wenn dem so sei, klar ist, dass der Nationalstaat sich in der größten Krise seit der Flüchtlingskrise und der Coronakrise befindet. Es bleibt also spannend.

Recht herzlich,
Ihr Marinus Staiger
(Chefredakteur Berliner Volkskurier)

... TO BE CONTINUED

Nachwort

Im Jahr 2013 führte der Strafverteidiger und Autor Ferdinand von Schirach in dem ZDF-Format »Precht« ein Gespräch mit dem Philosophen Richard David Precht. Zwei Menschen, deren Wirken mich in meinem Leben und literarischen Schaffen sehr inspiriert haben. Thema in der Sendung war ›Das Böse im Menschen‹. Es ging auch um die Frage der Schuld von Menschen und es kam die Frage auf, ob es überhaupt die Möglichkeit gibt, sich für oder gegen eine Straftat zu entscheiden. Was wäre, wenn es generell keine Schuldfähigkeit der Menschen geben würde? Könnte man Menschen dann überhaupt verurteilen? Sie in ein Gefängnis sperren? Eine interessante Fragestellung. Die Frage, ob es überhaupt einen freien Willen der Menschen gibt, beschäftigt Wissenschaftler, Philosophen und Religionen schon seit Jahrhunderten. Bis heute gibt es trotz unzähliger Forschung keine eindeutige Antwort darauf, auch wenn die Experimente - wie im Buch angedeutet - tatsächlich darauf hinweisen, dass der Wille eher nicht frei ist. Demnach stünden Entscheidungen in unserem Gehirn bereits fest, bevor wir sie bewusst treffen. Es wird jedoch davon ausgegangen, dass es bis zu einem bestimmten Zeitpunkt noch eine Art ›Vetofunktion‹ gibt, wir die Entscheidung also verändern können, wenn etwas beispielsweise stark gegen unsere Moral verstößt. Nachdem ich das Interview von Schirach und Precht gesehen hatte, entstand bei mir nach und nach die Idee, einen fiktiven Roman zu dem Thema zu schreiben.

Ich arbeitete während des Studiums für einige Monate bei einer Tankstelle. Während ich spätabends auf Kunden wartete oder mit dem Fahrrad zur Arbeitsstelle fuhr, überlegte ich mir die Grundidee dieses Buchs. Auf einer Zugfahrt schrieb ich die ersten Seiten. Dann legte ich das Projekt beiseite. Erst vier Jahre später habe ich die Idee wieder aufgegriffen und ›Raum 211‹ geschrieben. Manchmal braucht man einige Zeit, um zu merken, dass einen eine Geschichte nicht mehr loslässt. Dass sie unbedingt erzählt werden muss.

Zumal ich auch beruflich mit der Frage der Schuldfähigkeit von Menschen wiederholt in Berührung gekommen bin. Ich machte während meines Studiums Praktika bei der Bewährungshilfe und der Jugendgerichtshilfe. In meiner Bachelorarbeit befasste ich mich mit dem Jugendstrafrecht. Ich untersuchte, wie geeignet die verschiedenen Sanktionierungsmaßnahmen des Jugendgerichtsgesetzes (JGG) sind, um Jugendliche und Heranwachsende Straftäter davon abzuhalten, erneut Straftaten zu begehen. Ich arbeitete zuletzt in einer Forensischen Psychiatrie und betreute als Sozialarbeiter und Sozialpädagoge jene gefährlichen Straftäter, denen man aufgrund ihrer psychischen Krankheit ihre Schuldfähigkeit abgesprochen hatte. Hierbei handelt es sich jedoch um eine verschwindend geringe Anzahl derer, die insgesamt Straftaten begehen. Schuldunfähigkeit wird nur bei ca. 0,3 % aller Straftäter angenommen, verminderte Schuldfähigkeit bei etwa 2 bis 3% der Straftäter. Auch wenn mein Buch fiktiv und die Charaktere und Handlung ausgedacht sind, steckt auch sehr viel Wahrheit in dem, was Sie gelesen haben. Das Libet-Experiment, die Sträflingskolonie in Australien oder die Haftanstalt Bastøy beispielsweise sind Tatsachen. Jemandem ziemlich unkompliziert einen Mikrochip ins Gehirn zu pflanzen, um dessen Hirnaktivitäten zu lesen und auszuwerten, klingt nach weit entfernter Science-Fiction. Elon Musks Neurotechnologie-Startup ›Neuralink‹ möchte bald jedoch genau das tun. Das Gehirn mit dem Computer oder Smartphone koppeln. Einen Prototyp gibt es bereits, der schon bei Schweinen Anwendung findet, da die Gehirne dieser Tiere in ihren Anomalien jenen der Menschen ähneln. Dienen soll dies vor allem zur Behandlung von beispielsweise Schmerzen, Verletzungen, Sehstörungen, Hörverlust oder Schlafstörungen. Aber auch Gedanken zu speichern und sie später wieder abzurufen oder nur durch Gedanken Nachrichten zu schreiben oder sein Auto zu steuern, seien laut Musk denkbar. Auch viele der Örtlichkeiten, an denen mein Buch spielt, entspringen in ihren Details der Realität. Vielleicht kommen wir Menschen irgendwann an den Punkt, dass wir beweisen können, dass es keinen freien Willen gibt. Ich schrieb diesen dystopischen Thriller in Zeiten der Coronakrise, einer weltweiten Pandemie, die unser Leben nachhaltig beeinflusst. Wie die meisten Menschen habe ich mir niemals vorstellen können, so etwas einmal mitzuerleben. Wie bei allen wichtigen Zukunftsthemen sollten wir uns also schon heute darüber Gedanken machen, was der Beweis, dass es keinen freien Willen gibt, für unser menschliches Zusammenleben und für unsere Gesellschaft bedeuten könnte. Ich hoffe, dass ich mit meinem Buch einen Beitrag dazu leisten kann, sich mit dieser Frage auseinanderzusetzen.

Marcel Riepegerste, Koblenz im September 2021

Danksagung

Ich finde, dass Menschen einander viel zu selten Danke sagen. Bei den wichtigsten Personen in meinem Leben, möchte ich das an dieser Stelle tun:

Mein Dank gilt Kris, Simone, Melissa und Angela. Mit euch hat alles angefangen, Leute, und es ist schon so verdammt lange her. Ich hoffe, es geht euch gut und ihr lebt eure Träume. Wo immer ihr gerade seid.

Ganz besonders möchte ich Walter danken, der immer an mich geglaubt hat und es bis heute tut. Vor nunmehr zwölf Jahren schriebst du mir Worte, die mir noch heute Mut machen, wenn ich sie lese.

Ein großer Dank geht an die vielen TestleserInnen, die sich bereit erklärt haben, mein Buch vorab zu lesen und mir viel hilfreiches Feedback mit auf den Weg gegeben haben. Dies sind: Monika Woeste, Sarah Minschke, Panudek Kanjana, Kathrin Keim, Eva Ellersiek, Josefine Traumüller, Jennifer Friedrich, Tanja Bochmann, Christa Elisabeth, Magdalena Möller, Christina Molzbichler und Britta Scheffel.

Bedanken möchte ich mich auch bei Redrum Books, für lange Telefonate, Vertrauen in meine Arbeit und tatkräftige Unterstützung. Als junger Autor ist es bekanntlich nicht leicht. Natürlich auch ein Dank an alle, die an der

Umsetzung so eines Buches beteiligt sind, wie Lektorat, Korrektorat und Coverdesign, insbesondere an Stefanie Maucher für ihre akribische Mühe und die lockere Zusammenarbeit

Meiner Mutter, die wie kein anderer Mensch immer hinter mir stand. Ich könnte mir keine bessere Mutter wünschen. Es ist ein Stück vom Himmel, dass es dich gibt.

Meinem Vater, dessen Geschichten mich sehr geprägt und dazu inspiriert haben, selbst welche zu erzählen.

Meinem Bruder mit der Erkenntnis, dass uns unser Humor immer vor dem Chaos retten wird.

Den Freunden, die mich durchs Leben begleitet und jeden Lebensabschnitt auf ihre eigene Art und Weise bereichert haben, allem voran: Pino, Felix, Christian, Sascha, Nathalie, Anka, Kathrin, Timo, Philipp und Robin. Ihr seid besonders.

Großer Dank gebührt an dieser Stelle dir, lieber Mike. Für deine bedingungslose Unterstützung. Dafür, dass du mich Tag für Tag aufs Neue motivierst, nach all den Jahren endlich meinen Traum zu leben. Und selbstverständlich für all die klugen Anmerkungen zu diesem Buch bei langen Spaziergängen. Wie immer hast du es zuerst gelesen.

Zuletzt auch Ihnen vielen Dank, liebe Leserinnen und Leser. Was nützt einem die beste Geschichte, wenn sie niemand liest. Danke, dass Sie sich die Zeit dafür genommen haben. Hoffentlich hat es Ihnen gefallen und Sie bleiben mir auch weiterhin treu. Bestimmt lesen wir uns an anderer Stelle wieder. Auch von Alex und Tammy werden wir sicher noch etwas hören ;)

VERLAGSPROGRAMM

www.redrum.de

01 Candygirl: *Michael Merhi*
02 Lilith Töchter, Adams Söhne: *Georg Adamah*
03 Höllengeschichten: *Wolfgang Brunner*
04 Roadkill: *Alex Miller, Joe De Beer*
05 Bad Toys: *Anthologie*
06 Gone Mad: *A.C. Hurts*
07 Mindfucker: *Joe De Beer*
08 All Beauty Must Die: *A.C. Hurts*
09 Runaways: *Alexander Kühl*
10 Love Of My Life: *A.C. Hurts*
11 Klipp Klapp … und du bist tot!: *Mari März*
12 Carnivore: *A.C. Hurts*
13 Lyrica: *Jane Breslin*
14 Der Feigling: *Andreas März*
15 Kinderspiele: *Wolfgang Brunner*
16 Victima: *Sam Bennet*
17 Blutbrüder: *Simone Trojahn*
18 Fuck You All: *Inhonorus*
19 Cannibal Holidays: *Ralph D. Chains*
20 Kellerspiele: *Simone Trojahn*
21 Der Leichenficker: *Ethan Kink*
22 Lyrica – Exodus: *Jane Breslin*
23 Gone Mad 2: *A.C. Hurts*
24 Der Leichenkünstler: *Moe Teratos*
25 Wutrauschen: *Simone Trojahn*
26 Dort unten stirbst du: *Moe Teratos*
27 Fida: *Stefanie Maucher*
28 Die Sodom Lotterie: *Ralph D. Chains*
29 Streets Of Love: *Ralph D. Chains*
30 Er ist böse!: *Moe Teratos*
31 Franka: *Moe Teratos*
32 Melvins Blutcamp: *Dagny S. Dombois*

78 Projekt Sodom: *Gerwalt Richardson*
79 Totes Land: *M.H. Steinmetz*
82 Blood Season: *Anthologie*
84 Wo ist Emily?: *Andreas Laufhütte*
85 Fuchsstute: *Gerwalt Richardson*
86 Kaltes Lächeln: *Simone Trojahn*
87 Das Leben nach dem Sterben: *Simone Trojahn*
88 Paraphil: *Jacqueline Pawlowski*
89 Schicksalshäppchen 2 – Dark Menu: *Simone Trojahn*
90 Schicksalshäppchen 1: *Simone Trojahn*
91 Pro-Gen: *Wolfgang Brunner*
92 Selina´s Way 2: *Simone Trojahn*
93 Tunguska: *U.L. Brich*
95 Ausgeliefert an das Böse: *A.C. Hurts*
96 Hof Gutenberg: *Andreas Laufhütte*
97 Bad Toys 2: *Anthologie*
98 Sam – Band 1 Die Jagd: *Gerwalt Richardson*
99 Sam – Band 2 Die Lust: *Gerwalt Richardson*
100 Geständnis 1: *Moe Teratos*
101 Geständnis 2: *Moe Teratos*
102 Moonshine Games: *Jutta Wölk*
103 Cannibal Holidays 2 - Reborn: *Ralph D. Chains*
104 Martyrium: *Baukowski*
105 Schaffenskrise: *Simone Trojahn*
106 Dschinn: *André Wegmann*
107 DOGS: *Andreas Laufhütte*
108 Vertusa: *Moe Teratos*
109 Der Teufelsmaler: *Gerwalt Richardson*
110 Cannibal Love: *Ralf Kor*
111 Leiser Tod: *Moe Teratos*
112 Der Kehlenschneider: *Moe Teratos*
113 Weltenbruch: *Moe Teratos*
114 Deep Space Dead: *Murray Blanchat*
115 Sam – Band 3 Der Preis: *Gerwalt Richardson*
116 Bull: *M.H. Steinmetz*
117 Giftiges Erbe: *Simone Trojahn*
118 Sinnfinsternis 2 – Diener des Chaos: *Reyk Jorden*
119 Leid und Schmerz: *Michael Merhi*
120 Die Sonne über dem südlichen Wendekreis: *Georg Adamah*

121 Die Anstalt der Toten: *Moe Teratos*
122 Pott-Mortem 1– Oktoberblut: *Andi Maas*
123 Snuff.net: *Jean Rises / Elli Wintersun*
124 Das Vermächtnis des Jeremiah Cross: *Andreas Laufhütte*
125 Insanes: *Gerwalt Richardson*
126 Alvaro: *A.C. Hurts*
127 Macimanito: *Ralf Kor*
128 Jelenas Schmerz: *Moe Teratos*
129 Once upon a Time in … Baukowski and Friends
130 Pott-Mortem 2 – Die Blutgruppe: *Andi Maas*
131 Hof Gutenberg 2: *Andreas Laufhütte*
132 Mutterfleisch: *Simone Trojahn*
133 Bärenblut: *U.L. Brich*
134 Spirituosa Sancta: *Baukowski*
135 Der Teufelsmaler 2: *Gerwalt Richardson*
136 House Of Pain: *Marco Maniac*
137 Engel des Todes: *Marc Prescher*
138 Schwarze Sau: *J. Mertens*
139 Drecksmutter: *Anais C. Miller*
140 Der Zwischenraum: *Stefanie Maucher*
141 Mordhaus: *Moe Teratos*
142 Mordsucht: *Moe Teratos*
143 Das Mordgesindel: *Moe Teratos*
144 Mordversprechen: *Moe Teratos*
145 Blutige Ketten: *Moe Teratos*
146 Blutiger Augenblick: *Moe Teratos*
147 Blutige Bestien: *Moe Teratos*
148 Blutiges Finale: *Moe Teratos*
149 Tage der Vergeltung: *Simone Trojahn*
150 Straße Der Gerechtigkeit: *Simone Trojahn*
151 Am Ende Der Hoffnung: *Simone Trojahn*
152 Hof Gutenberg 3: *Andreas Laufhütte*
153 Snuff Theater: *Pjotr X*
154 Die Hölle von Bossenborn: *Anais C. Miller*
155 Opus Eins: *Simon Lokarno*
156 Abrechnung mit dem Universum: *J.Mertens*
157 Sadistic Forest: Ralph D. Chains
158 Sam – Band 4 Das Ziel: *Gerwalt Richardson*
159 Teufelssommer: *Andi Maas*

160 USA 2084: *Pjotr X*
161 Home Invasion: *J.Mertens*
162 Carnivore 2: *A.C. Hurts*
163 Schwarzer Herbst: *Dagny S. Dombois*
164 Ardennen: *André Wegmann*
165 Cannibal Love 2: *Ralf Kor*
166 Der verschwundene See*: Andreas Laufhütte*
167 Eaten: *Moe Teratos*
168 Eiland: *U.L. Brich*
169 Todestreu – Band 1: *Jörg Piesker*
170 TodesLiebe – Band 2: *Jörg Piesker*
171 TodesAffäre – Band 3: *Jörg Piesker*
172 TodesBote – Band 4: *Jörg Piesker*
173 Die Heimsuchung der Ivy Good – Band 1: *M.H. Steinmetz*
174 Der Exorzismus der Ivy Good – Band 2: *M.H. Steinmetz*
175 Rotten – Verdorbene Früchte: *Marcel Hartlage*
176 Tödlicher Trip: *Marc WernerSon*
177 Hof Gutenberg 4: *Andreas Laufhütte*
178 Bunny Man: *Tom Ehrenberger*
179 Dead Romance: *J.Mertens*
180 Sweet Pestilence: *Ralph D. Chains*
181 Das tiefste Schwarz: *Simone Trojahn*
182 Searching Paradize – Die Verdammten: *Jasmin Knappenberger*
183 Searching Paradize – Die Horde: *Jasmin Knappenberger*
184 Die Farm der Toten: *Moe Teratos*
185 Raum 211: *Marcel Riepegerste*

REDRUM CUTS

1. Bizarr: *Baukowski*
2. 50 Pieces for Grey: *A.M. Arimont*
3. Koma*: Kati Winter*
4. Rum und Ähre: *Baukowski*
5. Hexensaft: *Simone Trojahn*
6. Still Morbid*: Inhonorus*
7. Fuck You All - Novelle: *Inhonorus*
8. Das Flüstern des Teufels: *A.M. Arimont*
9. Kutná Hora: *André Wegmann*
10. Die Rotte: *U.L. Brich*

11. Blutwahn: *André Wegmann*
12. Helter Skelter Redux: *A.M. Arimont*
13. Badass Fiction*: Anthologie*
14. Bloody Pain: *Elli Wintersun*
15. In Flammen: *Stefanie Maucher*
16. Denn zum Fressen sind sie da: *A.C. Hurts*
17. Die Chronik der Weltenfresser: *Marvin Buchecker*
18. Psychoid: *Loni Littgenstein*
19. Geisteskrank: *Marc Prescher*
20. Sweet Little Bastard: *Emelie Pain*
21. Süchtig nach Sperma: *Marco Maniac*
22. Badass Fiction 2019*: Anthologie*
23. Human Monster: *Stephanie Bachmann*
24. Wut: *Alexander Wolf*
25. Perfect Match: *A.C. Hurts*
26. Harlekin: *Loni Littgenstein*
27. Nachts, wenn die Lämmer schreien: *Anais C. Miller*
28. Hexenwerk – Die 13: *Moe Teratos*
29. Badass Fiction 3
30. Nur ein Stich: *Andrea Storm*
31. Leisetot: *Anais C. Miller*
32. Außenseiter: *Baukowski*
33. Nathalie: *Stephanie Bachmann*

Limited Edition

01 Toter Schmetterling: *Simone Trojahn*
02 This is Madness: *Michael Merhi*
03 Eine Verhängnisvolle Mutprobe: *Andreas Laufhütte*
04 Hexensaft: *Simone Trojahn*
05 Blowhead & Shreadhead: *Baukowski, Rewelk*
06 Selinas Way 3: *Simone Trojahn*
07 Glasgow Smile: *Michael Merhi*

JUTTA WÖLK
Thriller
GAMES
MOONSHINE
REDRUM

ANDI MAAS
TEUFELS
SOMMER
EIN
POTT-MORTEM-THRILLER
REDRUM

JASMIN KNAPPENBERGER
SEARCHING PARADIZE
DIE VERDAMMTEN - BAND 1
REDRUM

JACQUELINE
PAWLOWSKI
PARA
PHIL
PSYCHOTHRILLER

REDRUM loves you!

REDRUM liebt dich!

Printed in Poland
by Amazon Fulfillment
Poland Sp. z o.o., Wrocław

91315284R00139